열심히 사는 동안,
딸을 잃어버렸습니다

열심히 사는 동안,
딸을 잃어버렸습니다

열심히 사는 동안, 딸을 잃어버렸습니다

400통의 편지로 다시 연결된 가족의 시간

초 판 1쇄 2026년 03월 30일

지은이 김희정
펴낸이 류종렬

펴낸곳 미다스북스
본부장 임종익
편집장 김가영
디자인 임인영, 윤가희, 윤영빈
책임진행 안채원, 이예나, 김은진, 국소리, 송가희

등록 2001년 3월 21일 제2001-000040호
주소 서울시 마포구 양화로 133 서교타워 711호, 808호
전화 02) 322-7802~3
팩스 02) 6007-1845
블로그 http://blog.naver.com/midasbooks
전자주소 midasbooks@hanmail.net
페이스북 https://www.facebook.com/midasbooks425
인스타그램 https://www.instagram.com/midasbooks

© 김희정, 미다스북스 2026, *Printed in Korea*.

ISBN 979-11-7355-828-3 03810

값 17,500원

미다스북스는 다음세대에게 필요한 지혜와 교양을 생각합니다.

열심히 사는 동안, 딸을 잃어버렸습니다

400통의 편지로
다시 연결된 가족의 시간

김희정 지음

미다스북스

사랑했지만 미처 그 마음을 전달하지 못했던 적이 있나요?

"미안해! 사랑해!"

저는 타이밍을 놓친 채 10년이 지나서야

쑥스러워 입 밖으로 내놓지 못한 그 말을 쓰기 시작했습니다.

특별한 선물도, 이벤트도 아닌

그저 투박하고 소소한 400통의 편지가

10년 동안 제대로 전하지 못한 마음을 전달해 주었습니다.

늦었다고 생각하는 그 순간에도

관계는 다시 시작될 수 있습니다.

2025년 10월, 대학교 1학년이 된 딸이 엄마에게 편지를 보내왔습니다.

"재수학원 있을 때 엄마 아빠가 매일매일 편지 써 줬었는데… 그게 진짜 나한테 힘이 많이 됐던 거 같아. 아직도 정말 고마워 엄마. 엄마 아빠가 그렇게 날 믿어주고 응원해 준 게 아니었다면 못했을 거야."

이 아이의 마음이 이렇게 다시 열리기까지, 사실 10년이 걸렸습니다. 이 책은 그 10년을 넘어온 이야기입니다.

From. 보내는 사람
작성자 김희정
관계 엄마
TO. 받는 사람
From. 보내는 사람
작성자
관계 이름
TO. 받는 사람
학번
이름 이성기수
반 이유진
제목 MU
사랑하는 우
주현아
몸 건강하게
그리고 저
하루하루
11월에 보
사랑해
힘내고
알고 있단다.

이 책에는 2024년 3월부터 11월까지, 약 200일간 기숙학원에 있던 딸에게 엄마 아빠가 보낸 편지들이 담겨 있습니다. 실제로는 400여 통이 오갔지만, 그중 이야기의 흐름을 잘 담아낸 편지들을 골라 수록했습니다.

딸의 편지가 적은 데는 이유가 있습니다. 기숙학원 특성상 재원 중에는 편지를 보내는 것이 허용되지 않았습니다. 딸이 쓴 편지들은 휴가로 집에 왔을 때, 퇴소하고 난 후 뒤늦게 직접 받은 것들입니다. 이 편지들은 엄밀히 말해 '주고받은' 편지가 아닙니다. 답장을 기다리지 않고 매일 쓴 편지였습니다. 그래서 어쩌면, 더 솔직할 수 있었는지도 모릅니다.

     열심히 사는 동안, 딸을 잃어버렸습니다

닫힌 마음을 연 것은, 편지였다

솔직히 고백하건대, 지난 30년 동안 내 인생의 7할은 '회사'였습니다.

물론 아이는 소중했습니다. 세상 무엇과도 바꿀 수 없는 내 분신이었으니까요. 하지만 나의 성취, 나의 커리어, 회사에서의 인정 또한 그 못지않게 중요했습니다. 밖에서 치열하게 싸우고 돌아온 집은 내게 쉼터여야 했기에, 나는 아이에게 늘 바쁜 엄마, 피곤한 엄마였습니다.

딸아이는 언제나 엄마와의 시간이 아쉬운지 어느 날은 이렇게 말하더군요.

"엄마, 나는 학교에서 내가 좋아하지 않는 사람들과도 하루 반나절 이상을 같이 보내. 그런데 왜 내가 가장 사랑하는 엄마랑은 그 시간의 반도 같이 지내지 못해?"

2013년 초등학교 2학년이던 딸아이가, 내가 읽던 책 한 페이지에 몰래 넣어둔 꼬깃꼬깃한 편지는 가슴을 '쿵' 내려앉게 했습니다. 거기에는 혼내지 말라는 부탁과 동생에게 늘 양보하라는 엄마에 대한 서운함이 꾹꾹 눌러쓴 글씨로 적혀 있었습니다. 사실 그전에도 여러 가지 신호를 보내며 엄마에게 사랑을 표현했던 아이였는데, 두 아이를 둔 워킹맘인 나는 그 감정을 제대로 읽지 못하고 그냥 지나치고 말았습니다. 그저 매일매일 회사 생활과 육아 사이에서 줄타기를 하며 "엄마가 열심히 사는 걸 언젠가는 애들도 알아주겠지."라고 합리화했고, 그 후로 아이의 감정은 아예 까맣게 잊고 살았습니다. 사춘기에 말수가 줄고 방문을 닫은 모습도 그저 그렇게 넘겼죠.

우리의 골이 얼마나 깊었는지를 뼈저리게 확인한 건, 아이가 기숙학원으로 떠나기 직전이었습니다. 입학한 지 2주가 된 대학교를 자퇴하고 돌아오는 차 안이었습니다. 아이가 기

　　　열심히 사는 동안, 딸을 잃어버렸습니다

숙학원으로 들어가 재수를 하겠다고 선언하더군요. 30년 차 전략가였던 나는, 그 순간에도 딸의 마음을 헤아려 볼 생각보다는 "잘할 수 있을까? 학원비는 아깝지 않을까?" 하는 '효율'과 '아웃풋'을 먼저 계산하고 있었습니다.

"너, 명확한 목표는 있어? 남들 다 하니까 그냥 휩쓸려서 한번 해 보겠다는 거 아니야? 뚜렷한 계획도 전략도 없는데 무슨 기숙학원이고 재수야?"

엄마의 날 선 비난에 아이는 차 안에서 펑펑 울음을 터뜨렸습니다. 한바탕 서로 소리를 지른 후 달리는 차 안에 울고 있는 딸아이와 함께 있는데 숨이 턱턱 막힐 지경이었습니다. 딸의 눈물 앞에서도 나는 따뜻한 위로 대신 차가운 훈계를 멈추지 않았던, 그런 엄마였습니다. 결국 우리는 기숙학원을 여러 군데 비교해 보지도 않았습니다. 아이는 처음 가 본 학원에 그 자리에서 바로 들어가겠다고 했습니다. 지금 생각해 보면 아이에게 그곳은 단순히 공부를 위한 장소가 아니라, 자신의 마음을 몰라주는 엄마로부터 벗어날 수 있는 유일한 도피처였는지도 모릅니다.

그렇게 아이가 떠난 뒤 빈방을 바라보는데, 공허한 마음과 함께 알 수 없는 후회가 밀려왔습니다. 차 안에서 울던 아이의 모습이 지워지지 않았습니다. 아이를 위해 해 줄 수 있는 건, 뒤늦은 응원과 매일 편지를 쓰는 것뿐이었습니다. 그래서 입소 바로 다음 날부터 하루도 빠짐없이 편지를 보냈습니다. 밥은 잘 먹었는지, 오늘은 어떤 하늘을 보았는지, 엄마가 너를 얼마나 사랑하는지… 아이가 하루 한 장 편지를 읽으며 지친 하루를 마무리하고, 다시 내일을 준비할 에너지를 얻었으면 하는 단순한 바람이었습니다.

그런데 200일 만에 수능을 보고 돌아온 딸이 건넨 긴 편지를 읽으며 나는 펑펑 울었습니다.

기숙학원에서는 편지를 받을 수는 있어도 보낼 수는 없었기에, 제 생일날 저를 생각하며 몰래 써 놓았던 편지라며 건네주더군요. 그 편지에는 생일 축하와 함께 그간 마음속 깊이 묻어둔 고백이 담겨 있었습니다.

"솔직히 고등학교 다닐 때까진 가족들이 불편했어. 어차피 말해봤자 서로 기분만 안 좋을 텐데 말해서 뭐 하나… 싶은 생각도 있었고, 20여 년간 엄마 아빠가 동생을 더 좋아한다고 계속 생각했던 것 같아. 아무튼 이런 생각을 갖고 있다가 기숙학원 오면서 '그래도 엄마 아빠는 날 사랑하는구나.'라고 느낀 것 같아."

지난 10여 년 동안 엄마 아빠는 자기를 온전히 이해하지 못한다고 생각해서, 마음의 문을 영원히 닫고 살아가려고 했다는 것이었습니다. 하지만 기숙학원에 들어간 3월 말부터, 퇴소 전까지 하루도 빠짐없이 도착한 엄마 아빠의 편지를 읽으며 비로소 닫혔던 마음이 열렸다고 했습니다. 그제야 엄마 아빠의 사랑을 온전히 느꼈다고 말입니다.

만약 딸이 기숙학원에 가지 않았더라면, 만약 우리가 매일 편지를 쓰지 않았더라면 어땠을까요? 어쩌면 평생, 딸과 보이지 않는 벽을 사이에 둔 채 살아갔을지도 모릅니다.

이 책은 '명문대 합격 수기'가 아닙니다. 회사 일과 성공을 좇느라 정작 가장 소중한 아이의 마음을 놓치고 살았던 어느 워킹맘의 뒤늦은 참회록입니다. 기숙학원에 머문 약 200일 동안 엄마 아빠가 매일 보낸 400여 통의 편지가 어떻게 딸의 마음의 벽을 허물었는지 담아낸 기적 같은 이야기입니다.

지금도 일과 육아 사이에서 줄타기하며 아이에게 늘 미안함을 안고 사는 모든 워킹맘들에게, 그리고 대화가 끊겨 막막한 부모님들에게 이 책을 바칩니다. 때로는 의도치 않은 이별이, 더 깊은 만남을 준비하는 시간이 되기도 합니다. 우리 모녀가 그랬던 것처럼요.

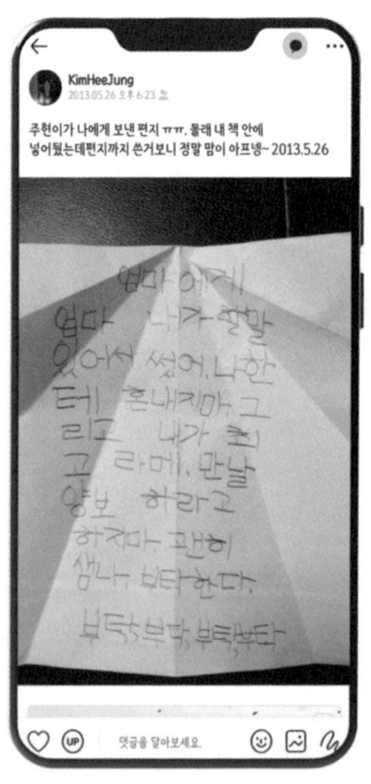

     열심히 사는 동안, 딸을 잃어버렸습니다

PART 1

가족의 변화

: 떨어짐으로 시작된 회복

"텅 빈 공간을 바라보며,
비로소 마음을 응시하기 시작했다."

아이를 기숙학원에 보내고 나서야 우리는 한 가지 사실
을 깨달았습니다. 물리적 거리가 멀어질수록, 마음의 거
리는 오히려 더 또렷하게 보인다는 점이었습니다.
심리학에서 애착은 인간이 본능적으로 찾는 '안전기지'
입니다.
우리는 늘 가까이 지내는 것만으로도 충분하다고 믿었
습니다. 하지만 떨어져 지내게 되자 비로소 스스로에게
묻게 되었습니다. 우리는 진정으로 서로의 마음을 알고
있었는지.

아이의 빈방은 단순한 공백이 아니라, 다시 연결되기 위
해 펼쳐진 한 장의 편지지 같은 시작이었습니다.

1

떠나는 날,
방안에 남아 있던 것들

2024년 3월 26일. 아이가 기숙학원이라는 낯선 세상으로 걸어 들어간 날입니다. 늦은 오후 기숙학원으로 데려다주는데, 3월이지만 아직은 쌀쌀하고 어둑어둑해서 뭔가 더 쓸쓸하고 무거운 마음이 들었습니다.

태어나서 한 번도 부모와 떨어져 본 적 없는 아이를 낯선 곳에 홀로 남겨두어야 했습니다. 이제 2주에 한 번 전화 통화만 가능한 기숙사 현관문 앞에서 아이의 뒷모습을 바라보았습니다. 캐리어 바퀴 구르는 소리가 완전히 멀어질 때까지 저는 한동안 그 자리에 서 있었습니다.

돌아오는 차 안에서도 내내 허전함이 마음속에 차 올랐지만, 막상 집에 돌아와 아이의 방을 보니, 빈방에는 아이가 미처 다 정리하지 못하고 간 몇몇 물건과 책상 위에 놓인 작은 달팽이 사육통만이 덩그러니 남아 있었습니다.

그 빈방에 서서 비로소 실감했습니다. 이제 부모로서 우리가 해 줄 수 있는 일이라는 건, 어떻게든 아이에게 닿을지 알 수 없는 글을 적어 내려가는 것뿐이라는 사실을요.

✉ 엄마 | 3월 27일 | 사랑하는 딸 주현아

사랑하는 딸 주현아~ 어제 해맑은 얼굴로 인사하고 헤어졌는데, 오늘 아침 어떤 하루를 시작했을지 궁금하구나. 떨어진 지 하루밖에 안 됐는데도 너의 빈방을 보니 그 빈자리가 너무 크게 느껴지더라.

그래도 마음 굳게 먹고 간 거고, 성실한 우리 딸이니까 당연히 잘 버티고 헤쳐 나가리라 믿는다. 엄마, 아빠, 할머니, 재원이 모두 잘 지내고 있을 테니까, 너도 집 걱정은 말고 매일매일 건강 관리, 멘탈 관리 잘하며 지내다 오렴.

엄마 아빠는 우리 주현이 위해서 하루하루 매일 기도 중이란다. 그럼, 오늘 하루도 파이팅 하고 즐겁게 잘 지내렴. 2주 후에 반갑게 전화하자. 사랑해.

주현아 잘 잤니? 아침 식사는 잘했고? 학원 첫날이라 잠자리가 불편했을 수도 있겠구나.

이제 어려운 길을 스스로 선택했으니 앞만 보고 정진하는 일만 남았네. 앞으로의 수개월을 꼭 보람 있는 시간으로 채우길 바라. 조금 어렵고 힘들더라도 꾹 참고 밀어붙여 보렴. 네 인생에서 빛나는 시간으로 기억될 거야.

마라톤과 같은 여정이니 가끔은 휴식도 취하고, 체조나 운동도 열심히 하렴. 우리 가족 모두 항상 응원할게. 어려운 일 있으면 담임 선생님 통해서 언제든지 연락하고. 그럼 오늘도 파이팅 하자. 힘내!

2

아이의 빈자리,
갑작스러운 적막

아이가 떠난 다음 날, 봄비가 내렸습니다. 빗소리는 빈방의 고요를 더 크게 만들었습니다. 창밖에는 벚꽃 망울이 올라오는데, 아이는 춥고 낯선 곳에 있습니다.

엄마는 아이가 남기고 간 달팽이를 들여다보며 딸의 모습을 겹쳐 봅니다. 느리지만 껍질 속에서 묵묵히 자라는 저 작은 생명체가, 마치 기숙학원이라는 좁은 공간에 웅크리고 있을 아이 같았습니다. 아빠는 짐짓 태연한 척 자신의 재수 시절 기억을 꺼내며 딸과의 공감대를 형성하려 노력합니다.

✉ **엄마 | 3월 28일 | 주현이에게 | 봄비**

사랑하는 딸 주현아~ 오늘은 너의 기숙사 생활 이틀째 되는 날이겠구나. 여기는 오늘 촉촉하게 봄비가 내렸어. 이제 추운 날씨는 다 지나간 것 같다. 우리 집 창문 밖엔 벚꽃 망울도 올라오고, 개중에는 벌써 꽃을 피운 것도 있단다. 집 떠나 있는데 날씨까지 추우면 더 외로울까 걱정했는데, 날이 좀 따뜻해져서 다행이야. 네가 없는지 이틀밖에 안 됐는데 하루가 한 달같이 길게 느껴지는구나.

C대 기숙사에 갔을 때랑은 느낌이 또 다르네. 그때는 그래도 카톡도 되고 전화도 됐는데, 이제는 아예 연락이 닿지 않으니 더 시간이 더디 가고 보고 싶은 마음이 큰가 봐. 그래도 엄마는 이렇게 편지를 쓰는 게 좋은 점도 있는 것 같아. 말로 할 때보다 속마음을 이야기하기가 더 편안하네. 편지도 쌍방향이면 좋겠지만, 지금은 너의 성공적인 미래를 위해 잠시 인내하는 시기이니 우리 잘 참고 버텨보자!

음식은 입에 맞는지, 잠자리는 편안한지, 룸메이트는 너랑 잘 맞는 좋은 친구인지, 담임 선생님도 우리 주현이 잘 챙겨주시면 좋겠고, 공부도 혼자 할 때보다 쉽고 재미있게 느껴지면 좋겠고. 엄마는 이런저런 많은 기도를 하고 있단다.

주현아, 오늘도 좋은 하루 보내고 몸도 마음도 건강하게 잘 지내렴!

✉️ 아빠 | 3월 28일 | 비 오는 날

어제오늘 잘 지내고 있니? 소식을 쓸 수는 있으나 받을 수는 없으니 걱정되는 건 어쩔 수 없구나. 건강은 어떤지, 생활하는 데 불편함은 없는지, 학업은 잘 진행하고 있는지 궁금하네. 여기는 비가 꽤 오고 있는데 거기 학원도 마찬가지겠지? 우리 가족 모두 잘 지내고 있단다. 식구가 한 명 없으니 집안이 다소 조용하고 적적한 게 달라진 점이야.

오늘도 잘 지내고, 다소 어려운 점이 있더라도 꿋꿋하게 잘 버텨 나가길 바란다. 아빠도 재수 경험이 있어서 그 생활의 어려움을 누구보다 잘 이해하고 있단다. 그래서 너의 굳은 의지를 더 높게 평가한 것이고.

오늘 아침에 회사 일이 있어 조금 늦게 편지를 쓰게 되었는데 양해해 주렴. 그럼 오늘도 보람찬 하루 보내길. 계속 편지 쓸게. 우리 딸 파이팅!

　열심히 사는 동안, 딸을 잃어버렸습니다

✉ 아빠 | 4월 1일 | 일주일이 지났구나

주현아, 벌써 네가 기숙학원에 간 지 일주일이 되어 가는구나. 주말은 알차게 보냈니? 건강은 좀 어때, 괜찮고?

학원 홈페이지에서 네 사진을 봤는데 건강해 보여서 안심이 되더구나. 건강과 체력이 정말 중요하단다. 나중에는 그게 거의 전부라고 볼 수 있어. 네 나이 때는 심리적 안정만 유지할 수 있어도 큰 문제는 없겠지만, 그래도 꾸준히 운동을 해두면 갈수록 더욱 도움이 될 거다.

알려줄 사항이 하나 있는데, 조금 이르기는 하지만 4월 중에 외출 일정이 있을 거야. 그때는 어떻게 집에 올 생각이니? 저녁때 나와도 된다면 미리 연락 주렴. 내가 시간이 되면 데리러 갈 수 있고, 아니면 다른 원생과 같이 대중교통을 이용해도 되고. 미리 좀 알고 싶어서 물어봤어.

그럼 오늘도 힘내고 잘 지내라. 파이팅! 아빠가.

3

"괜찮다."라는 말의
진짜 의미

일주일 만에 첫 전화 통화가 있었습니다. 수화기 너머로 들려오는 목소리는 밝았지만, 그 밝음 뒤에 숨겨진 긴장감이 느껴졌습니다. 우리는 서로 "괜찮다.", "잘 지낸다."고 말했지만, 그 말은 사실 "버티고 있다."는 말의 다른 표현이었을지도 모릅니다.

아이는 어릴 때부터 기숙학원에 가기 전까지도 친할머니와 한 이불을 덮고 잘 정도로 애착이 깊었습니다. 그래서인지 여든 중반이 넘으신 할머니의 짧은 편지 속 '참자.'라는 말은 단순한 인내가 아니었습니다. 그것은 손녀를 향한 가장 깊은 사랑의 언어이자, 아이가 낯선 곳을 견디게 하는 또 다른 힘이 되었을 것입니다.

✉ 엄마 | 4월 6일 | 전화 목소리만 들어도 너무 좋았다

사랑하는 우리 딸 주현아. 오랜만에 네 목소리 들으니 너무 반갑고 좋더라. 10분이 왜 이렇게 짧은 건지 하고 싶은 말의 반도 못 했어. 심지어 아빠는 전화 끊고 나서 엄마만 말 많이 했다고 투덜투덜하셨단다. 다음엔 아예 시간을 분으로 나눠서 통화해야 할까 봐. 그래야 아빠가 안 삐치실 듯. 어쨌거나 너 울었다는 소식 듣고 걱정 많이 했는데, 조금 적응이 되었다고 하니 다행이다. 밥도 맛있고 규칙적인 생활 덕에 피곤함이 덜하다니 안심이야. 엄마가 사 준 영양제 잘 챙겨 먹고, 변비 때문에 고생했다는 말 듣고 엄마가 효과 좋다는 유산균 사 놨으니 그것도 휴가 때 나와서 챙겨 가렴.

공부는 아직 시작한지 얼마 지나지 않았으니 벌써부터 조바심 내지 마. 넌 느려도 조금씩 성실하게 성장하는 스타일이니까, 엄마는 너를 믿어. 주현아! 넌 반드시 잘 해낼 거야. 아빠 딸이니 아빠의 뒤를 따라 너도 좋은 성과가 있을 거야. 지치지 말고 멘탈 관리 잘하고, 긍정적인 생각 많이 하며 지내다가 2주 후에 보자. 휴가 나오면 엄마랑 또 영화도 보고 쇼핑도 하고 그러자~ 그럼 오늘 밤도 푹 자고 좋은 꿈 꾸길!

✉ 아빠 | 4월 8일 | 주말 안부

주현아, 아빠야. 주말 잘 보냈어? 어제도 편지를 썼다만 오늘도 다시 쓰고 있어. 가급적 매일 쓰려고 한다.

학원이 용인 한적한 곳에 있어서 조용하고 공기도 좋으니, 규칙적인 생활과 정서적인 안정만 취하면 건강에는 문제가 없을 거야. 아마 너도 컨디션이 좋아지고 있음을 느끼고 있을 거다. 아빠도 군대 생활할 때 규칙적인 생활이 중요하다는 걸 많이 느꼈단다.

벌써 네가 재수 시작한 지 2주가 되었구나. 지금까지는 적응하느라 경황이 없었을 테고, 이제는 점차 안정을 찾아서 집중할 수 있는 여건이 되었을 거라고 본다. 집은 별일 없이 무탈하고, 할머니께도 너와 통화했고 잘 지내고 있다고 전해드렸단다. 잘 지내고 있다니 안도하시며 무척 기뻐하셨어. 할머니께서 쓰신 편지도 받아서 곧 보내줄게.

수업이다 자습이다 무척 바쁘겠구나. 항상 건강에 신경 쓰고 스트레스 받지 말길 바라. 가끔씩 산책하는 것도 스트레스 해소와 집중력 향상에 많은 도움이 된다. 그럼 오늘도 잘 지내고, 하루하루 네 열정을 쏟아붓는 의미 있는 일과가 되길 진심으로 기원할게. 잘 지내~ 아빠가.

✉ 할머니 | 4월 8일 | 사랑하는 주현아

사랑하는 주현아. 그동안 잘 지내고 있는지 궁금했는데 아빠한테 소식 들었다. 잘 지내고 밥 잘 먹는다니 반갑다. 주현아, 좀 힘들어도 잘 참고 몇 달만 고생해다오. 할머니도 너 보고 싶지만 꾹 참고 있으니, 우리 가족 모두 내년에는 좋은 일이 가득하길 바란다.

주현이 파이팅~ (참자, 참자) 며칠 있다 첫 휴가 때 만나자. 할머니가.

4

우리가 말하지
못했던 마음들

편지를 쓴지 얼마 지나지 않았지만, 매일 편지를 쓰려 하다 보니, 시간이 흐르며 편지의 내용은 단순히 안부를 묻는 것을 넘어 일상의 구체적인 이야기들로 채워지기 시작했습니다.

엄마는 딸이 키우던 애완 달팽이의 성장을 딸 대신 살펴보며 달팽이의 변화와 엄마의 운동 이야기를, 아빠는 자신의 과거 경험과 삶의 태도를 더 깊게 이야기합니다. 얼굴을 마주하고는 쑥스러워서 미처 하지 못했던 말들이 편지라는 빈 여백에 비로소 채워지기 시작했습니다.

'편지'라는 형식이 주는 안전함 속에서, 우리는 조금씩 더 솔직해지고 있었던 것입니다.

✉ 엄마 | 4월 8일 | 달팽이

네가 없는 빈방의 달팽이를 보며 너를 떠올린다. 어제는 웬일로 달팽이가 구름다리에서 놀고 있더라. 그래서 너 집에 오면 보여주려고 동영상 찍어 놨어~ 왠지 달팽이처럼 우리 주현이도 이제 기숙 생활 잘 적응하고, 잘 지내고 있을 거란 느낌이 들더라.

겨울이 가고 봄이 잠깐 온 거 같더니, 낮에는 벌써 약간 더운 기운도 느껴지네. 거긴 산속이라 아직 덥지는 않으려나? 기온 차가 클 때 감기 걸리기 쉬우니까 너무 춥거나 덥지 않게 옷 잘 챙겨 입길 바라.

아, 그리고 주현아! 네가 공부 열심히 하는 만큼 엄마도 운동 좀 열심히 해 볼까 생각 중이야. 저녁때 헬스든 요가든 꾸준히 해 보려고. 편지로 지금 너랑 약속했으니, 엄마도 작심삼일로 그치지 말고 열심히 해야겠다.

그럼, 오늘 하루도 우리 가족 모두 파이팅! 좋은 사람 많이 만나고 편안한 하루 되길 기도하며, 또 편지 쓸게~

주현아, 아까 생각지도 못했는데 전화가 오니 더 반가웠어. 감기가 빨리 나아야 할 텐데… 물이 잘 안 넘어가면 오렌지 주스라도 많이 마시렴. 엄마도 물 종류 안 좋아해서 많이 못 마시는데, 그래도 감기 걸렸을 땐 시원한 오렌지 주스가 제일 잘 넘어가더라. 필요한 거 있으면 언제든 택배 보내줄 테니 연락하고.

공부는 꾸준히 하다 보면 '티핑 포인트'라고, 확 감이 오는 때가 있으니 조급해 하지 말고 꾸준히 문제 풀이 많이 해 보면 좋을 것 같아.

엄마도 공부가 확 늘었던 때가 초등학교 6학년 겨울방학이었는데, 그때 그냥 아무 생각 없이 문제집을 진짜 꾸준히 풀었거든. 그랬더니 중학교 올라갈 때 반 배치고사 시험 문제가 갑자기 다 아는 문제로 보이더라.

초조해하지 말고, 꾸준함이 중요하니까 공부에 재미 붙이면 너도 인식하지 못하는 사이에 실력이 늘어 있을 거야. 너를 믿고, Y대학교 합격한 너의 모습을 자꾸 상상하렴. 꿈은 이루어진다!

잘 자! 내 미니미~ 울지 말고… 왜 울어? 잘 되려고 기숙학원 간 건데. 너는 든든한 아빠, 센스 있는 엄마, 따뜻한 할머니가 늘 기도하고 응원하니까 씩씩하게 지내 알았지?

✉️ 아빠 | 4월 12일 | 역시 내 딸

주현아 잘 잤니? 오늘이 벌써 금요일이구나. 내일부터는 주말이야. 날씨는 좋아지고 네가 기숙학원에 간 지 3주가 되어가니 심적으로 힘들지는 않을지 궁금하다. 주위 얘기 들어보면 첫 달이 고비라는 데 잘 견디면서 충실히 생활하길 바란다.

계속 얘기하지만 네가 미래를 생각했고 더 나은 인생을 위해 재수를 결심한 점을 아빠는 높이 평가하고 있단다. 역시 내 딸이라는 생각. 대다수는 그렇지 않고 그저 현실에 안주하면서 하루하루를 무의미하게 보내는 경우가 많아. 여하튼 너는 답답한 현실을 타파하려고 좋은 결정을 내리고 실행에 옮기고 있는 것이니 긍지를 갖고 생활해 주길 바란다. 네 일생에서 제일 빛나는 2024년이 되길 진심으로 바란다. 감기는 다 나았는지, 건강에는 문제없는지 무척 궁금하네.

학업은 잘되고 있고? 집중해서 공부하다 보면 이미 알고 있는 내용인데도 새로이 깨우치게 되는 것도 많을 거야. 나는 그것도 큰 즐거움이었단다.

그럼 오늘도 잘 보내고 보람 있는 하루가 되길 바라. 우리 가족은 항상 너를 응원하고 있단다. 또 연락할게. 그럼 안녕.

✉ 아빠 | 4월 15일 | 아빠의 재수 시절 이야기

주현아, 안녕.

오늘은 비가 오는구나. 잘 지내고 있지?

아마 지금은 수업 중이겠지.

어제 엄마와 네 이야기를 했다.

스스로 더 높은 목표를 위해 1년을 선택한 네 결정이 참 대견하고 자랑스럽다는 얘기였어. 우리 둘 다 같은 마음이란다. 조금 힘들더라도 끝까지 매진해 주길 바란다. 언젠가 올해가 네 인생에서 가장 치열했던 시간으로 남지 않겠니. 곁에서 매일 도와주지 못하는 건 아쉽지만, 잘 해내리라 믿는다.

아빠가 재수하던 1989년에는 온 가족이 한 방을 비워 주고 조용히 배려해 주었단다. 밤마다 교육방송을 듣던 그 시간, 가족은 물론 이웃까지도 나를 위해 조심해 주셨다. 그 덕분에 나는 버틸 수 있었고, 지금도 그 마음이 고맙게 남아 있다. 네가 좋은 결과를 얻는다면, 그 과정 속에서 함께해 준 사람들에게도 꼭 고마움을 기억했으면 좋겠다.

P.S. 조금 전 엄마가 카톡으로 친구들과 찍은 단체 사진을 보내주었어. 표정이 밝고 건강하게 지내는 것 같아서 안심이다. 우리 딸 파이팅.

애착은 거리보다
안전감에서 자란다

저는 아이와 한집에 있고 같은 밥을 먹는 것만으로도 부모의 역할을 다하고 있다고 믿었습니다. 하지만 심리학자 존 볼비가 말하는 '애착'의 핵심은 얼마나 오래 곁에 있느냐가 아니라, "내가 힘들 때 부모가 마음으로 곁에 있어 줄 것인가?"라는 정서적 확신이라고 합니다.

기숙학원이라는 물리적 단절은 오히려 저에게 아이의 마음을 응시할 기회를 주었습니다. 아이가 떠난 빈방에서 저는 비로소 깨달았습니다. 아이에게 진짜 필요했던 것은 숨을 고를 수 있는 따뜻한 '안전기지'였다는 사실을요.

기숙학원이라는 물리적 단절은 아이에게 불안을 줄 수 있는 상황이었지만 부모는 매일 편지를 씀으로써 비록 몸은 떨어져 있어도, 정서적으로는 언제나 네 곁에 있다는 신호를 끊임없이 보냈습니다.

나는 아이의 침묵을
얼마나 정확히 읽고 있었을까?

말하지 않는다고 해서 아무 일이 없는 것은 아닙니다. 때로는 빈 침묵 속에 더 많은 이야기가 담겨 있음을, 물리적으로 떨어져서야 비로소 알게 되었습니다. 그 침묵을 다시 깊이 들여다보는 일, 그것이 관계 회복의 시작이었습니다.

Q 아이가 힘들 때, 나는 어떤 방식으로 곁에 있었을까요?

____

____

Q 그 순간, 나는 아이에게 '안전기지'였을까요?

____

____

PART 2

편지가 이어 준 연결

: 반복이 마음을 두드리다

"지금 내 옆 사람을,
나는 언제부터 당연하게 여겼을까?"

도파민이 사라진 자리를 무엇으로 채워야 할까요? 초기의 불안과 결의가 뒤섞인 강렬한 감정의 파도가 지나가고 나면, 찾아오는 것은 끝이 보이지 않는 계속되는 지루한 '일상'입니다.

가장 지치기 쉽고 단조로운 '여름' 찌는 듯한 더위는 물론이고, 생각만큼 오르지 않는 성적표를 보며 "내가 잘하고 있는 걸까?"라는 의심과 지루함을 견뎌야 합니다.

이때 필요한 것은 거창한 것들이 아니었습니다. 그저 어제와 똑같이 오늘 아침에도 도착하는 '예측 가능한 안부'였던 것입니다. 부모의 편지는 매일 먹어야 하는 '밥'이었던 것이죠.

심리학에서는 이를 '루틴의 정서적 안정 효과'라고 합니다.

매일 아침 눈을 뜨면 어김없이 와 있는 부모의 편지는, 고립된 섬에 갇힌 아이에게 하루를 시작하게 하는 '알람'과도 같았습니다.

1

같은 하루를
적어간다는 것

매일 똑같은 시간에 일어나고, 똑같은 밥을 먹고, 똑같은 책을 펴는 아이의 날들.

편지를 쓴 지 3주쯤 지났을 무렵이었습니다. 커피를 내리다가 문득 "오늘은 뭘 써 주지?"를 생각하고 있는 자신을 발견했습니다. 딸을 위해 시작한 편지가, 어느새 스스로를 들여다보는 시간이 되어가고 있었습니다.

아빠는 자신의 재수 시절을 떠올리며 이 지루한 반복이야말로 가장 위대한 비범함임을 이야기합니다. 엄마는 자신의 출근길 풍경과 일상을 나누며, 아이의 멈춰 버린 시간에 세상의 시간을 흘려보내 줍니다.

✉️ **엄마 | 4월 16일 | 매일 쓰는 즐거움**

매일 아침 회사 출근해서 편지 쓰는 게 엄마에게도 즐거운 일과가 되고 있다. 어릴 때는 일기도 쓰고 편지도 쓰고 해서 글 쓸 일이 많았는데, 나이 들면서 점점 줄어들었거든. (회사에서 보고서 쓰는 거 제외하고는)

그래서 어제 생각해 본 건데, 너에게 편지 쓸 때마다 좋은 글을 하나씩 적어 보내 보려고 해. 그럼, 오늘 하루도 웃는 얼굴로 좋은 하루 만들어 가길 바란다! 사랑해~ 내 미니미 주현아.

「오늘의 좋은 글」

"모든 인간은 자기 자신 이상이다. 유일무이하고 특별하며, 세계의 현상들이 시간 속에서 딱 한 번씩만 교차하는 엄청나게 놀라운 지점이다."

- 헤르만 헤세, 소설 『데미안』 중에서

✉️ **아빠 | 7월 9일 | 매너리즘에 대하여**

주현아 안녕, 잘 잤니? 매일 반복되는 고된 일과에 수고가 많겠구나. 아빠도 당연히 재수 당시 매일 반복되는 단조로운 일과에 스트레스를 받기도 하고 그랬었단다. 그래서 공부하는 중간에 독서실에서 나와 시내를 배회하기도 하고, 영화를 보러 가기도 했었지.

누가 통제하는 사람도 없으니 그 순간은 좋았어. 하지만 그러고 나면 그때뿐… 공연히 시간 낭비했다는 생각에 걱정되기도 하고, 할 일은 안 하고 엉뚱한 짓을 했다는 죄책감이 들어서 결국 기분은 좋지 않았단다.

그래도 그렇게 지겹게 느껴졌던 시간이 그리 오래가지는 않았던 것 같아. 내가 재수를 본격적으로 시작했던 게 1989년 5월 21일(한국외국어대학교 휴학원 접수일)이었는데, 초반에 적응하고 공부하느라 바빴던 게 8월 말까지였어. 그전까지는 배웠던 것 복기하고, '내가 제대로 하고 있는 건가' 확인하려고 모의고사를 치르느라 여유가 없었거든. 그리고 10월 말부터는 막판 정리하느라 눈코 뜰 새 없었고. 결국 좀 지겹게 느껴졌던 시기는, 9월에서 10월 사이였던 것 같네. 사람이 바쁘지 않게 되면 온갖 잡생각이 올라오게 된단다. 아빠도 당시 모의고사 결과가 기대 이상으로 안정적으로 나오니 주제넘게 자만했던 것 같기도 하고. 아마 그때 여유 부리지 않고 계속 밀어붙였더라면 더 좋았을 거야. 혼자 공부하다 보니 그게 단점이더구나. 주위에 자극을 주는 게 없으니 동기 부여가 더 이상 되지 않았던 거지.

이제 네가 재수 시작한 지 100일이 지나고 있으니, 내 생각으로는 매너리즘에 빠지기 쉬운 시기란다. 정 힘들면 공부량을 대폭 줄이고 휴식 시간을 늘려보는 것은 어떠니? 이렇게 좀 변화를 주어야 의욕도 생기더구나. 한번 생각해봐. 아무리 수험생이라도 텐션을 끊임없이 유지하면서 생활할 수는 없다고 본다.

오늘도 글이 길어졌네. 그럼 오늘도 좋은 하루 보내길 바라. 비록 단조롭고 반복되는 일상이지만 인생에서 중요한 시기인 만큼 의미 있는 시간으로 채워 가길 바란다. 우리 딸 항상 응원한다. 파이팅! 잘 지내~ 아빠가.

2

몸의 SOS,
택배로 보낸 작은 약국

여름이 되자 아이의 몸 여기저기서 신호를 보냅니다. 소화가 안 되고, 허리가 아프고, 잠이 오지 않습니다.

부모의 사랑은 거창한 관념이나 비싸고 귀한 선물이 아니라, 구체적인 실생활에 필요한 사소한 물건들로 택배 상자에 담겼습니다. 실핀, 귀마개, 유산균, 그리고 달팽이의 안부 등. 이 사소하고 일상적인 것들이 아이를 버티게 했습니다.

✉ **아빠 | 5월 4일 | 소화불량에 대하여**

주현아, 안녕. 잘 잤어? 요즘 소화는 잘 되니? 가져간 약이 도움이 되었는지 궁금하다. 큰고모도 그렇고 나도 그렇고 수험 생활 시절에 소화가 안 돼서 고생했단다. 큰고모는 배에서 "꼬르륵" 소리가 나서 창피하다고 하소연을 하곤 했어.

나는 고2 중반부터 그랬는데, 군대에 가니 거짓말처럼 나았어. 스트레스도 줄고, 활동량이 많아지니 자연스럽게 괜찮아지더라.

그러니 너무 오래 앉아 있지는 말아라. 중간중간 몸을 움직여야 오래 버틸 수 있어.

오늘부터는 이제 사흘 연휴라 아침에 스터디 카페에 와서 이 글을 쓰고 있단다. 이제는 새벽에 눈이 저절로 떠지는 나이가 되었네. 네 나이 때는 늘 잠이 부족했는데 말이야.

내일은 어버이날 전에 할아버지 추모관에서 고모 가족들을 만나기로 했어. 아마 네 소식도 물어보시겠지. 다들 그 시간을 지나왔기에 네 마음을 잘 알고, 진심으로 응원하고 계시단다.

내 경험을 가끔 들려주고는 하는데, 나와 거의 유사한 길을 걷고 있는 너에게 도움이 되길 진심으로 바란다. 날씨가 점점 더워진다. 체력 관리 잘하고, 오늘 하루도 힘내 보자. 보람찬 하루 보내길 바란다. 오늘 하루도 파이팅~ 안녕.

✉ 엄마 | 7월 6일 | 주현아 아자아자~ 힘내! 알았지?

주현아, 오늘 너랑 통화하다 보니 너의 고민이 생각보다 심각한 것 같지는 않아 다행이다~ 물론 엄마 입장이지만.

일단 배가 아픈 거는 아빠도 그랬다고 하고, 엄마도 그랬거든. 엄마 아빠도 경험이 있다 보니 배가 아픈 게 얼마나 짜증 나고, 공부하는 데 방해가 되는지 잘 알 것 같다. 그래서 전화 끊자마자 소화에 도움 되는 영양제랑 잠에 도움되는 보조제를 하나씩 주문했다. 보조제에 의존하는 건 좋지 않겠지만, 조금이라도 도움이 된다면 한 번쯤 써 보는 것도 괜찮을 거야. 도착하면 잘 챙겨서 보낼게~

그리고, 엄마는 너의 고민이 아주 심각한 것은 아니라고 생각했지만, 네 입장에서는 훨씬 더 힘들 수도 있을 거야. 이 부분에 대해 아빠와 깊이 이야기를 나누었단다. 일단 7월 휴가 때까지만 조금 더 참아보자. 집에 오면 우리 셋이 충분히 대화하며 함께 해결책을 찾아보자. 혼자 끙끙 앓지 말았으면 해.

성적이 기대만큼 오르지 않는 부분 역시 마음 쓰지 않았으면 좋겠다. 학원비는 전혀 아깝지 않고, 네가 지금까지 보여준 태도만으로도 엄마 아빠는 충분히 대견하다.

인생 진짜 길고, 1~2년에 인생이 어떻게 되지 않으니까, 너무 조급해 하거나 초조해하지 말기를. 성실히 살다 보면 정말 생각지도 못한 기회들은 보물찾기 하는 것처럼 나타나서 기쁨을 준단다. 인생이 원래 그래. 힘든 일만 있지도 않고, 기쁜 일만 있지도 않고.

괜히 너 힘내라고 하는 이야기가 아니니, 편지 보내는 거 마음에 잘 새기고, 네 마음 잘 다독이고 잘 지내~ 알았지? 택배 부치면서 손 편지 또 써서 보낼게. 사랑해. 오늘은 특별히 더 푹 잘 잤으면 좋겠네. 굿나잇!

✉️ 엄마 | 7월 17일 | 달리기

주현아~ 엄마는 최근에 며칠 되지는 않았지만, 헬스장에서 매번 걷기만 하다가 뛰기를 시작해봤다. 뛰는 걸 별로 좋아하지 않다 보니 걷는 것도 내 선에서는 최선을 다하는 운동이라 생각했는데, 막상 뛰어보니 뛰는 것의 쾌감이 좀 있더라. 아빠가 엄마에게 하루 30분 뛰기를 권장해서 한번 해 본 건데, 아무리 걸어도 느낄 수 없었던 어떤 느낌이 10

  열심히 사는 동안, 딸을 잃어버렸습니다

분 정도 뛸 때 느껴지더라.

그래서, 공부도 오래 앉아서 붙어있다고 성과가 나는 것이 아니고, 최상의 컨디션에서 오히려 단기간 집중하고 쉬고 하는 게 더 효과적일 수도 있겠다는 생각이 들었어.

거기서는 음악을 듣거나 잠시 쉬거나 할 수 있는 개인 시간이 없어서 뭔가 집중이 안 되고 힘들 때, 더 힘들고 스트레스도 심해질 거 같아서 귀마개 보냈으니까 귀 막고 그냥 앉아서 멍이라도 때려 보는 거 추천. 물론 집중도 잘되고 네 의지가 있다면 굳이 할 필요는 없지만.

어찌어찌 또 지내다 보니 이번 주는 통화하는 주가 왔네. 지난번에 좀 울먹울먹하는 네 목소리 듣고 엄마도 좀 속상했는데… 이번에 통화할 때는 우리 주현이 좋은 목소리 듣고 싶구나. 그럼, 오늘도 힘내고 파이팅 해 알았지? 사랑한다 딸내미. 마음 다잡고 오늘도 좋은 사람만 많이 만나고 편안하고 안정된 하루 보내길 바랄게!

✉️ 엄마 | 10월 31일 | 캐모마일 티

주현아, 어제는 잘 잤니? 수면 귀마개와 캐모마일 티는 아마 내일 도착할 거 같아.

어제도 말했지만, 캐모마일 티가 심신 안정에도 좋지만 잠
도 잘 오게 하는 효능도 있다고 하더라. 엄마도 여러 차 마
셔봤는데 그래도 차 중에는 캐모마일 티가 가장 먹을 만하
고 맛있는 거 같아. 아래 엄마가 정리한 캐모마일 효능 한
번 보렴. 찾아보니 엄마가 아는 효능보다 너에게 도움 될
만한 효능들이 거의 다 모여 있네. 종합 선물 세트처럼. 그
러니 물먹기 싫을 때 캐모마일 티를 수시로 한번 먹어 봐봐
알았지? 엄마는 먹어보니 뜨거운 물로 일단 우려내고, 차
가운 물 섞어서 차갑게 먹어도 괜찮더라.

그럼, 우리 예쁜 주현이 오늘도 조금만 또 힘내 보자. 힘내
라 힘~ 사랑해 주현아. 밥맛 없어도 탄단지(탄수화물/단백
질/지방) 잘 챙겨 먹고, 물도 좀 잘 챙겨 먹고, 이제 진짜 한
9일 남았네.

「캐모마일 티의 효능」

① 심신 안정

② 생리통 완화

③ 혈당 조절

④ 심혈관 건강

⑤ 스트레스 완화

⑥ 피부 미용

⑦ 면역력 향상

⑧ 상처 치료

⑨ 암 예방에 도움

3

멀리서 건넨
우리의 일상

부모는 아이에게 '공부하라'는 말 대신, 자신의 일상을 시시콜콜하게 늘어놓기 시작했습니다. 엄마의 출장 이야기, 외할머니와의 여행 이야기, 엄마 아빠의 골프 이야기, 아빠의 체력관리 이야기…

이 '무심한 수다'는 아이의 마음 한구석에 자리 잡은 죄책감을 덜어주었습니다.

"나 때문에 부모님이 희생하거나 힘들어하는 게 아니라, 각자의 삶을 건강하게 잘 지켜내고 있구나."라는 사실이 고립된 아이에게 역설적으로 안도감을 선물한 것 같습니다.

주현아, 엄마는 독일에서 출장 첫날 아침을 맞았다. 시차가 많이 나서 여기 오후 5시쯤이면 한국은 밤 12시 정도 되고, 여기 오전 7시면 한국은 오후 2시 정도 되는 것 같아. 엄마도 정말 오랜만에 온 출장이다 보니 뭔가 낯설고 그러네.

어서 우리 딸, 아들 다 대학 붙고 다 같이 우리 가족 유럽 여행 오면 좋겠다는 생각이 든다. 너희 어릴 때는 먼 나라는 가기가 좀 그래서 못 가 봤는데… 출장 말고 가족들과 여유롭게 오고 싶다는 생각이 자꾸 더 든다.

엊그제 통화해서 목소리는 잠깐 들었지만 늘 보고 싶고, 짬 날 때마다 네 생각하며 응원하니까 힘내자! 어제 아빠도 말씀하셨지만 들어간 지 한 달밖에 안 됐으니 성적 혹시 안 오르더라도 너무 조급해 하거나 낙담하지 마. 건강하게 긍정적으로 지내다 보면 좋은 결과 있을 테니, 너 자신과 네가 공들인 시간의 힘을 믿으렴.

단단한 바위도 물이 계속 떨어지면 구멍이 난다더라. 꾸준함이 무엇이든 이룰 수 있게 도와줄 거야. 오늘도 수고할 우리 주현이 파이팅! 여기 너 좋아하는 젤리 많으니까 엄마가 여러 종류 젤리 사 가지고 갈게~ 곧 만나자.

✉ 아빠 | 5월 16일 | 싱가포르에서

주현아 안녕. 잘 잤어? 어제 싱가포르 도착해서 이 글을 쓰고 있어. 너나 재원이도 같이 왔으면 좋았을 텐데, 안타까운 마음이야. 그래도 외할머니 연세도 있으셔서 더 늦지 않게 모시고 싶어서 그러하니 이해해 주길 바라.

어려운 일은 없니? 이때쯤 아마 가장 큰 어려움으로 다가오는 게 '시간이 부족하다는 불안감', 그리고 '건강 관리' 문제일 것 같구나. 아직은 공부가 잘 안 되고 집중이 안 된다는 느낌은 없을 것 같지만, 마음을 잘 다스려야 할 거다.

어제 얘기했듯이 시간이 부족할 거라는 생각이 많이 들면 계획을 다시 리뷰해 봐. 그 계획이 적정한지, 부족하다면 어떻게 시간을 투입해서 메울 것인지. 이런 활동을 계속하다 보면 자기가 한 것을 점검하게 되고, 그러다 보면 불안감도 많이 감소될 거다. 계획 없이 아주 마구잡이로 하는 것은 안 된다. 나중에 정말 어려운 시기가 왔을 때 무너지기 쉽단다. 아빠가 하는 이 말은 꼭 새겨들었으면 좋겠어.

건강에 대해서는 지금껏 많이 얘기했으니 오늘은 다른 얘기는 하지 않을게. 건강하길 기원한다. 엄마는 이곳 일정이 있어서 편지를 며칠 못 쓸 수도 있으니 양해해 주길. 그럼 오늘도 열심히 해 보자. 어렵고 고된 일정이겠지만 나름 최선을 다해서 의미 있고 즐거운 시간을 찾았으면 좋겠다. 파이팅~

✉ 엄마 | 6월 6일 | 공휴일 골프

주현아, 오늘 엄마 아빠는 골프 치러 간다. 우리 주현이 학원 근처인데. 안성. 엄마 아빠가 너와 가까이 가니 더 온 마음으로 주현이에게 기운을 몰아 줄게.

참, 할머니 다리 아프신 거 어제 병원 모시고 갔었는데 큰 문제 없으시단다. 너 휴가 나올 때마다 할머니 다리 아프시다고 같이 산책 못 해서 네가 걱정 많았을 거 같은데, 아무래도 연세 드셔서 그런 거고 큰 문제 없다니 마음 놓으렴!

드디어 곧 내일모레면 또 목소리 들을 수 있겠네. 통화 시간 길지 않으니 휴가 나와서 하고 싶은 거, 그리고 학업이나 기타 고민 생각해 두고 더 의미 있는 통화 하자꾸나. 사랑하는 딸 좋은 하루 보내.

✉ 아빠 | 7월 26일 | 피곤할수록 움직이기

주현아 안녕. 잘 잤어? 무척 덥지? 음식 주의하고 건강 관리 잘하고 있지? 에어컨 바람을 오래 쐬고 있으면 감기나 냉방병 걸리기 쉽단다. 여름에도 감기 걸린 사람 많던데 너도 조심하길 바라.

운동은 좀 하고 있니? 아빠는 요즘 틈날 때마다 헬스장에서 달리기를 하고 있어. 그렇게 오래 하는 건 아니고 걷기 뛰기 포함 도합 50분 정도? 이 정도 하고 씻고 집에 돌아오곤 한단다. 원래 헬스장은 작년 말에 끊어 놨는데 계속 다니지 않다가 한 1개월 전부터 다니기 시작했단다.

그 계기는 아빠도 체력이 많이 떨어져서 그래. 그렇게 더운 날씨도 아닌데 식욕도 덜해지는데다, 밥만 먹으면 졸려서 맥을 못 추겠더라고. 그냥 휴식이 부족해서 그런가 보다 하고 밥 먹고 좀 자는 걸로 조치하려고 했는데 그 피곤함을 도저히 못 이기겠더라. 그래서 '체력이 많이 안 좋아졌구나.' 느꼈고, 운동을 시작하게 된 거야. 이제 약 1개월 조금

넘은 것 같은데 좀 나아진 것을 보면 역시 운동 부족이 큰 원인이었던 것 같다.

전보다 더 피곤하다고 느껴지면 뭔가 조치를 취해야 하는 게 맞는 것 같다. 아무튼 졸리고 피곤하다고 밀폐된 공간에서 잠만 자는 것은 해결책이 아닌 것 같으니, 그럴 때는 더 적극적으로 몸을 움직여야 한단다. 아빠 생각에는 달리기가 수험생들에게는 최고의 운동인 것 같으니 체력적, 정신적으로 어렵고 고민이 있을 때는 운동장을 한번 달려 보렴. 오늘도 글이 길어졌네. 이제 며칠 후면 보겠구나. 휴가가 그래도 며칠이니 나오기 전에 잘 마무리하길 바라. 시험 날짜 끝까지 건강하고 무난하게, 성실하게 최선을 다하기만을 바랄게. 이것뿐 더 이상은 바라지 않겠다. 그럼 오늘도 좋은 하루 보람찬 하루 보내길 바라. 항상 응원한다 내 딸. 파이팅 안녕~

4

슬럼프,
위로 대신 건넨 한 줄

가장 더웠던 7월과 8월, 아이에게 슬럼프가 찾아왔습니다. 아이는 지쳤고 성적은 정체기였습니다.

이때 부모님의 편지는 단순한 위로가 아니었습니다. "나도 그랬어."라는 공감, 그리고 "너를 믿는다."는 확신이었습니다.

보이지 않아도 마음이 연결되는 기적, 텔레파시 같은 순간들이 엄마와 아빠가 서로 다른 시간, 다른 공간에서 쓴 편지 곳곳에 묻어 있습니다.

✉ **아빠 | 6월 12일 | 여름의 변수**

주현아 안녕, 잘 잤어? 이제 다음 주말이면 보겠구나. 기대할게. 이번에는 할머니 생신 기념 점심식사 일정 외에는 집에서 푹 쉬길 바라. 친구 만난다든지 분주하게 움직이는 것은 내가 봐도 별로 좋을 것 같지 않다. 네 생각이 맞아.

거기 에어컨은 잘 나오니? 더워서 애로사항은 없는지, 이제 수험생한테는 더위가 최대 변수란다. 별로 영향이 없을 것 같지만 의외로 그렇지 않아. 더위 때문에 쉽게 지치고 식욕도 떨어지게 된단다. 또 덥다고 찬 음식 자주 섭취하면 소화도 잘 안 될 거고. 어떻게 생활하는 게 이로운지, 변수가 적을지 미리 생각해 보는 게 좋아. 아무튼 더위 때문에 수험 생활에서 고생을 해 본 아빠로서는 걱정이 많다.

더욱이 더위가 지나면 바로 시험이 코앞이잖니? 이번 여름 시즌이 너에게는 정말 중요하단다. 지금처럼 계속 의지가 강하고 에너지도 유지되었으면 좋겠구만. 이렇게 여러 변수 때문에 초심을 잃지 않는 게, 초지일관 꾸준히 성실하게 하는 게 많이 어렵단다. 원하는 걸 얻으려면 이런 어려움에도 흔들리지 말고 계속 열심히 해야 한단다.

지금 네가 하고 있는 경험은 나중에 뭘 하더라도 네 인생에서 잊을 수 없는 소중한 자산이 될 거야. 그건 믿어도 좋다. 오늘도 글이 길어졌네. 그럼 오늘도 좋은 하루, 의미 있는

하루 보내길 바라. 건강 유의해 주고 오늘도 한번 열심히 해 보자. 항상 응원할 게. 파이팅~

엄마 | 6월 18일 | 자기 확신

주현아, 좋은 아침~ 어제 너의 러셀 기숙 담임 선생님과 통화했다. 너의 말처럼 6월 평가원 모의고사, 아직 가채점이지만 과목별로 모두 올라서 칭찬해 주고 싶다고 하시더라. 다른 아이들은 꼼수도 쓰고 선생님 말씀 잘 안 듣기도 하는데, 너는 성실하고 선생님 말씀 잘 따라와 주는 면에 있어서 칭찬하시더라. 기본에 집중하라는데 몰래 문제 푸는 애들이 종종 있는 것 같더라. 이건 선생님과 엄마의 통화였으니 너만 알고 다른 애들에게는 말하지 말고.

그런데, 엄마 아빠도 너와 통화할 때 자주 해 주는 말인데, 바로바로 성적이 나오지 않더라도 초조해하지 말라고 하잖아~ 그게 선생님 표현으로는 '자기 확신'인 것 같더라.

나는 잘될 거다. 나는 잘할 수 있다. 이렇게 하다 보면 분명히 좋은 결과가 나올 것이다. 나는 한 번도 과거보다 미래에서 좋지 않은 성적을 받은 적이 없다.

이런 식의 자기 암시, 자기 믿어주기, 자기 확신! 너의 표현으로는 자존감일 수도 있을 거고, 다른 말 중에 유사한 표현으로는 자신감, 조금 부정적인 뉘앙스의 표현으로는 잘난 척? 일 수도 있고. 엄마는 남들보다 항상 내가 뭔가 특별한 거 같고, 잘할 수 있을 거 같고, 누군가의 눈에는 어찌 보면 잘난 척인데 그런 게 늘 가슴 한켠에 있거든. 너도 엄마 딸이니까 분명 그런 DNA가 어딘가 조금이라도 있을 거야. 그걸 좀 불 지펴 보자! 자기 확신이 처음에 잘 안 생기면 잘난 척부터 시작해 봐~ 너의 잘난 구석을 네가 스스로 칭찬해 보는 거야. 참, 그리고 너와 상담 시 전달해 주셨을 텐데, 수학은 어느 정도 기본기가 잡힌 것 같다고 하셨고, 국어는 독서를 좀 더 하면 좋겠다 하셨고, 영어도 꾸준히 해서 놓지 말자고 하시더라~ 그리고 네가 워낙 잘하는 사탐 과목도 지금 잘하니까 불안해하지 말고. 막판 스퍼트? 알지? 너 사탐은 고3 때도 잘 나왔으니까.

P.S. 선생님께서 6월부터는 이제 멘탈과 몸싸움이라고 하시더라. 지치지 않게 건강 관리 잘하고~ 멘탈 잘 부여잡고,

이번 휴가 때 와서 몸 건강에 좋은 거 뭘 챙겨갈지, 멘탈적으로 흔들리는 부분 엄마 아빠한테 상담하고 에너지 듬뿍 받아 가길 바라. 우리 주현이 오늘도 파이팅! 사랑해~

✉️ 아빠 | 7월 2일 | 인간관계의 지혜

주현아 안녕, 잘 잤어? 비가 꽤 오네. 오늘도 좋은 하루 보내길 바라. 어제 엄마한테 "많이 힘들다."고 얘기했다고 들었어. 무척 걱정이 되는구나. 세세하게 내용은 잘 모르겠지만 공부 외 친구들과의 관계 문제일 거라고 추측하고 있어. 지난번 휴가 나왔을 때 얘기한 것도 있고 해서.

사람과의 관계, 그건 참 난감하다. 내 인생 경험상 그런 경우에 가장 바람직한 것은 '굳이 집착하지 않는다.'란다. 상대방이 나를 어떻게 생각하든, 좋게 생각하든 말든 개의치 말고 내가 해야 할 일에 집중하기. 서로 안 맞는다 싶을 때는 굳이 친해지려 하지 말고 거리를 두고 지켜보면서 기다려보기. 너무 친하게 지내려 할 때 서로 문제가 생긴단다. 서로 상처받는 경우도 많이 생기게 되는 거야.

그러니 그저 그러려니 하고 네가 할 일에만 집중하면 돼.

기분 나쁘게 했다고 굳이 되갚을 생각도 하지 마라. 그건 다른 사람에게 맡기고. 많이 어렵지? 그게 생활이고 인생이란다. 지금처럼 하루 종일 같이 생활하고 한 가지 목표를 향해서 계속 같은 일을 반복해야 하는 상황이면 서로 오해와 갈등은 피할 수 없는 거다. 이럴 때일수록 슬기롭게 헤쳐 나가야 한단다. 화를 내면 안 된다. 그 자리에서는 속 시원하겠지만 너에게만 마이너스란다. 이런 상황은 처음일 텐데 겪을 수 있는 일로 받아들이고 정신적으로 더욱 성숙해지는 계기가 되었으면 해.

사람 간의 관계가 다 그런 거다. 너만 겪고 있는 상황이라고 생각하지 말기를 바라. 그리고, 자신이 몸이 좀 피곤해서, 안 좋아서 그렇게 매사 골똘히 생각하고 있는 것은 아닌지 생각해 볼 필요도 있어. 이건 내 경험이다.

그럼 오늘도 좋은 하루 보람찬 하루 보내길 바라. 항상 건강 관리, 체력 관리 잘하고, 힘들고 어려울 때는 너를 항상 응원하고 있는 할머니, 아빠, 엄마, 그리고 가족을 생각하렴. 그럼 파이팅!

긍정적인 감정은
미래를 살아갈 자원이 된다

반복되는 일상과 끝이 보이지 않는 무더위 속에서, 바버라 프레드릭슨의 '긍정 정서 확장 이론'은 저에게 큰 이정표가 되었습니다. 긍정적인 감정은 단순히 기분을 좋게 하는 것을 넘어, 인간의 사고를 넓히고 어려움을 이겨 낼 내면의 자원을 축적하게 돕기 때문입니다.

수험생 딸에게 보낸 엄마의 시시콜콜한 출장 및 일상 이야기, 아빠의 솔직한 재수 시절 경험, 그리고 아이가 아끼던 달팽이의 소식 등은 결코 거창한 위로가 아니었습니다.

하지만 이 사소한 일상의 기록들은 차곡차곡 쌓여, 아이의 마음속에 아마도 "나는 혼자가 아니다.", "이 또한 지나갈 것

이다."라는 어떤 시련도 버텨 낼 수 있는 단단한 회복탄력성
의 근육을 만들어 주었음을 믿습니다.

우리가 주고받는 사소한 말들은
어떤 힘이 있을까?

거창한 명언이 사람을 살리는 것이 아닙니다. "밥 먹었냐?", "오늘 하늘이 참 예쁘다." 같은 사소한 말들이, 오히려 아무렇지 않은 무덤덤한 질문이 흔들리고 불안한 마음을 다시 일으켜 세우는 가장 강력한 주문이었습니다.

Q 누군가의 하루를 밝히는 나만의 '사소한 한마디'는 무엇인가요?

____

____

Q 어떤 말 한마디에 위로 받았던 순간이 있나요?

____

____

PART 3

고백의 문장들

: 솔직함이 관계를 바꾼 순간

"사실
외로웠다."

가을이 깊어지면서 낙엽이 떨어지듯, 우리 가족의 마음
을 덮고 있던 방어기제들도 하나 둘 벗겨지기 시작했습
니다. "잘하고 있어.", "걱정 마."라는 씩씩한 말들 뒤에
숨겨두었던 진짜 감정들이 고개를 듭니다.
딸은 엄마의 생일날 기숙학원에 몰래 편지를 쓰며, 그동
안 감춰왔던 서운함과 열등감을 고백하고, 그동안 쌓아
두었던 벽을 허물고 부모를 위로합니다. 그리고, 부모는
어른이라는 가면 뒤에 숨겨두었던 불안과 미안함을 드
러냅니다.

심리학에서 취약성을 드러내는 것은 나약함이 아니라
오히려 위대한 용기라고 합니다.
우리가 서로에게 가장 솔직해진 그 순간, 우리의 관계
는 이전과는 전혀 다른 차원의 깊이로 나아가게 되었습
니다.

1

차곡차곡 쌓인
편지의 에너지

아이는 부모의 편지를 단순히 '읽는' 것을 넘어 소중히 '모으고' 있었습니다. 서랍 속에 차곡차곡 쌓이는 편지의 두께만큼, 아이의 마음속에도 "나는 혼자가 아니다."라는 확신이 두터워지고 있었던 것 같습니다.

그 믿음 덕분이었을까요? 9월, 내향적인 아이는 매일 전해 온 엄마 아빠의 편지에 용기를 얻어 기숙학원의 수많은 선생님과 친구들 앞에서 마이크를 잡았습니다. 자신이 왜 이곳에 왔는지, 무엇이 두려웠는지 담담하게 고백합니다.

그 솔직한 선언은 편지 너머의 부모에게도 깊은 울림으로 전해졌습니다.

✉️ 아빠 | 9월 12일 | 잃어버린 시간에 대하여

주현아 안녕, 잘 잤어? 아침부터 비가 꽤 오네. 이제 좀 무더위가 가셨으면 좋겠다. 원서 접수도 마쳤고 시험 준비에 여념이 없겠지? 아무쪼록 무난하게 잘 되었으면 좋겠다.

어제 네가 보낸 셀카 사진을 엄마가 보여줘서 봤단다. 많이 힘들고 피곤하겠지만 좀 참아라. 이럴 때일수록 인내해야 한단다. 어릴 적 너와 재원이 여기저기 데리고 다니면서 놀던 기억이 나는구나. 이제 너희들이 많이 컸고 바빠져서 그런 경험을 다시 할 기회는 없겠구나. 아빠는 그때가 그립다. 그 당시에는 왜 이런 소중한 시간이 다시 오지 않을 거라는 걸 몰랐을까… 많이 아쉬운 마음이야. 당시에 더 잘해 주지 못해서.

아무튼 그건 지난 일이고 앞으로 너희들과 좋은 경험과 추억 많이 쌓아가겠다는 생각이 새삼 들어. 너와 재원이도 곧 성인이 되고 자기 일에 신경과 시간 쏟을 일이 더 많아져서 많이 바빠질 거다. 그래도 노력해 보자꾸나.

그럼 이만 줄이고 오늘도 좋은 하루 보내길 바라. 힘들 때마다 우리 가족이 응원하고 기도하고 있다는 걸 기억해 주

길 바라. 그럼 안녕. 파이팅~

✉ 엄마 | 9월 20일 | 행복하자

주현아, 엄마가 매번 기분 좋은 하루 보내라고 하고 긍정적
으로 생각하라고 하잖아. 오늘 그게 너의 성적 향상에도 도
움이 될 수 있다는 근거가 되는 글을 발견해 바로 편지를
쓰고 있다. 그러니 행복해라 주현아~ 그리고 미소 지으면
서 공부해 봐!

『세상에서 가장 재미있는 81가지 심리실험』, 나이토 요시
히토, 2024년 5월 발행

영국 워릭대학교 앤드류 오즈월드 교수는 '행복한 기분일
때 정말로 생산성이 올라갈까?'라는 가설을 확인하기 위해
반복적으로 수차례 실험을 진행했다. 참가자가 700여 명에
달한 대규모 연구였다.

연구팀은 실험 참가자가 즐거운 기분을 느낄 수 있도록 첫
번째와 두 번째 실험에서는 '코미디 영상'을 활용했다. 참
가자는 10분가량 웃긴 영상을 보고 나서 두 자리 숫자 다섯

개를 더하는 단순한 계산 작업을 수행하기만 하면 되었다.

실험 결과, 코미디 영상을 보고 신나게 웃고 나자 정답률이 상승했다. 다시 말해 생산성이 향상된 것이다. "즐거운 기분을 느낄 수 있다면 생산성이 높아진다."라는 가설은 이로써 사실로 입증되었다.

미국 펜실베이니아주립대학교 심리학과의 앨런 카즈딘 교수는 학업이 뒤처지는 초등학생을 대상으로 선생님이 웃으며 가르치는 방식으로 수업하도록 지도했다. 그러자 아이가 차분하게 책상 앞에 앉아 있는 행동이 1.3%에서 8.6%로 껑충 뛰어올랐다.

다정한 미소에 한 가지 비결을 더 추가해 보자. 바로 따뜻한 포옹이다. 아이를 꼭 안아 주자. 잘 알려지지 않은 사실인데, 아이는 신체적 접촉을 제법 큰 상으로 느낀다. 안아 주는 것을 거부하기 시작하는 건 사춘기 무렵부터! 그전까지는 부모의 포옹을 무척 좋아한다.

"잘했어! 아주 잘했어!" 칭찬의 말을 해 주면서 머리를 쓰다듬거나 꼭 안아 주면 아이의 마음은 흐뭇하게 풀어지고 행복으로 가득 채워진다. 공부하며 칭찬을 받고 행복을 맛

본 아이는 시키지 않아도 더 공부하고 싶은 생각을 저절로
하게 된다.

✉ 딸 | 9월 말 | 아침 명상 발표문(기숙학원 전체 학생들 앞에서 공유)

안녕하세요. 금일 명상 발표를 맡게 된 이주현입니다.

저는 대학교에 합격하였지만 재수를 하게 되었습니다. 제 현역 성적에 비하면 충분히 과분한 학교였지만, 합격을 해도 하지 않은 것 같은 기분이 들었고, 마음 한켠으로는 우울하고 공허한 마음이 쌓여갔습니다. 결과에 대한 불만족보다 가족과 떨어져 지내야 한다는 사실이 더 힘들었습니다. 또한 무엇을 위해 최선을 다해 본 경험이 없다는 점도 문제였습니다. 이런 사실들이 저에게는 계속 죄책감으로 다가왔습니다.

저는 제가 원하는 것이 무엇인지 한 번도 진지하게 생각해 본 적이 없었고 그저 가족들, 친구들과 현재를 행복하게 보낸다면 그걸로 된 것이라고 생각해 왔습니다. 이러한 저에게 '수능 공부를 해야겠다'라는 목표 의식이 없었던 것은

당연했을지도 모릅니다.

하지만 지방대에 합격하고 가족들과 떨어져 지내면서 제 삶을 성찰해 보기 시작했습니다. 성찰을 하던 중, 저는 미래의 제가 후회스럽지 않도록 '젊을 때 최선을 다한 경험을 한번 만들어보자'라는 생각을 갖게 되었고, 학교를 자퇴하고 이곳 러셀 기숙학원에 입소하게 됩니다.

저는 14시간 의자에 앉아 있어도 보고, 졸리면 일어나서 꾸벅꾸벅 졸면서 공부를 하기도 했습니다. 그러나 어릴 때부터 확고한 꿈을 갖고 지속적으로 노력해 온 아이들의 성적, 그리고 열정, 의지를 따라잡는 것은 정말 힘들었습니다. 저는 그들처럼 의사가 되고 싶어서, 서울대에 가고 싶어서, 그런 구체적인 목표를 가지고 재수를 시작한 게 아니었기 때문입니다.

그럴 때마다 자기 최면을 걸며 밥 먹을 때조차도 언어와 매체, 수1, 수2 공책을 보며 공부했지만, 시험에서 한 문제를 틀릴 때마다, 공부에 집중이 안 될 때마다 저를 비난했고 슬럼프는 하루가 멀다 하고 찾아왔습니다.

저는 그럴 때마다 부모님께서 쓰신 편지를 보고 버텼던 것 같습니다. 감사하게도 부모님 두 분 다 하루에 한 장씩 편지를 써 주셔서 지금 제 서랍 안엔 엄청난 양의 편지들이 모여 있는데, 저는 일과가 끝나고 나면 그 모아져 있는 편지들을 보고 '나를 이렇게 전적으로 응원해 주고 지지해 주는 사람이 있구나' 깨닫고 다음 날 다시 공부할 에너지를 회복시키는 것 같습니다.

저는 그렇게 쓰러지지 않을 정도로만 매일 열심히 공부해 왔고 '좀 더 쉬면서 할 걸'이라는 후회는 남지 않게 되었습니다. 저는 항상 제 최선을 다해왔고 50일 정도 남은 시점에서 제 페이스를 유지하며 수능을 기다릴 뿐입니다.

물론 그럴 일은 없겠지만 제가 원래 다니던 대학을 다시 다니게 된다 해도 과정에 대한 후회와 미련은 없을 것입니다. 제 나름대로 최선을 다했고 주변 사람들이 인정할 정도로 자리에서 일어나지도 않고 집중해 보려 노력했기 때문입니다. (그런데 그 결과로 너무 자주 찾아오는 슬럼프, 허리통증 등을 얻긴 했습니다.)

저의 20살 한 해를 버렸다고 생각하지 않습니다. 오히려 미련이 남은 채로 대학을 계속 다녔다면 그 대학을 졸업하고 나서도 계속 후회했을 겁니다. 이런 기회를 만들 수 있게 저를 도와주고, 비싼 돈을 내면서까지 지원해 준 부모님께 감사드립니다. 아마 부모님의 그러한 지지가 없었다면 저는 여기까지 오지 못했을 거예요. 정말 말로 표현할 수 없을 정도로 부모님께 감사하고 또 사랑합니다.

할머니, 그리고 다른 친구들에게도 고맙다는 말을 평소에 많이 못했는데, 많이 사랑하고 고마워요. 긴 발표 들어 주셔서 감사합니다. 모두 좋은 하루 보내세요.

2

딸의 첫 번째
고백을 접하고

딸의 '명상 편지'를 통해 솔직한 고백을 마주한 부모는 변명하지 않았습니다. 대신 "미처 몰라봐서 미안하다."고, "너는 언제나 우리의 자랑이었다."고 진심을 다해 응답합니다.

"괜찮다"는 상투적인 말 대신, "나 힘들다"는 진심을 어렵게 꺼내 보이니, 서로의 마음은 비로소 더 단단해집니다.

✉ **아빠 | 10월 11일 | 너의 명상 편지를 읽고**

주현아, 안녕. 오늘 휴가 차 집에 온 너를 벌써 봤지만, 매일 쓰던 일기라서 오늘도 또 쓰게 되었단다. 하루라도 거르면 나도 좀 뭔가 빼먹은 느낌이 들어서.

네가 건강한 모습, 더군다나 월등히 향상된 성적표를 보여주니 아빠는 더없이 기뻤단다. 무엇보다 네가 쓴 명상 편지를 읽어보았는데 성적표보다도 더 뿌듯했다. 편지가 힘이 되어 주었다니 아빠는 더없이 보람을 느낀단다. 내 딸이 벌써 이렇게 컸구나! 그 생각이 가장 컸다.

내가 예상했던 대로, 아니나 다를까 공부하느라 고생하고 그걸 이겨 내고자 노력했던 너의 모습이 눈에 선했다. 그래, 후회 없이 노력해 보는 게 제일 중요하단다. 올해 다시 도전할 수 있었기에 다행이었던 것 같다. 결과에 상관없이 너는 큰일을 해냈고 앞으로도 좋은 경험이 될 거다.

명상 편지를 보고 네가 느꼈던 바가 아빠가 재수 시절 느꼈던 것과 유사해서 아빠도 적잖이 놀랐단다. 이게 어찌 된 우연인지. 아무튼 아빠는 네가 앞으로 얼마 안 남은 기간 동안 페이스만 잘 유지하면 잘 될 거라는 느낌이 왔어.

그리고 올해 네가 경험한 것들을 잊지 말기를 바란다. 그걸 디딤돌 삼으면 앞으로 큰 실수는 없을 거라고 봐. 그럼 오늘도 잘 마무리하고. 당장 머리가 멍한 것은 '운동+수면'으로 곧 해결할 수 있을 거야. 걱정하지 말고. 다만 앞으로도 너무 무리하면 안 된다.

　　열심히 사는 동안, 딸을 잃어버렸습니다

잘 견디고 열심히 노력해 주어서 대견하고 고맙고 사랑한다. 우리 딸, 그럼 안녕.

✉️ 엄마 | 10월 12일 | 성숙해진 너

주현아, 이번에 네가 쓴 명상 편지 보면서 네가 많이 성숙해졌다는 생각이 들더라. 휴가가 짧아서 이것저것 많이 같이 하지는 못했지만, 푹 쉬고 가는 것 같아서 마음이 놓인다.

이제 거의 딱 한 달 정도 남았으니, 그동안 고생한 거 빛 볼 수 있게 끝까지 최선을 다하자! 항상 하는 말이지만 너 자신이 너를 사랑하는 게 우선이니 늘 너를 사랑하는 마음, 자랑스러워하는 마음 가지고, 긍정적으로 또 발전적으로 생각하며 건강 관리 잘하고 지내고 있으렴.

패딩은 엄마가 내일 택배로 보내줄게. 잘 자~ 파이팅!

3

가슴속에 묻어
두었던 가시

20년간 말하지 못했던, "나만 사랑받지 못한 것 같아."

10월 29일, 엄마의 생일. 딸은 축하 인사와 함께 마음 깊은 곳에 묻어두었던 아픈 가시를 어렵게 꺼내 보입니다. 그 고백은 부모에게는 한 번도 생각하지 못했던 충격이었지만, 동시에 오해를 풀 수 있는 유일한 열쇠가 되었습니다.

딸의 고백이 담긴 편지는 수능을 마친 11월 14일, 아이의 손을 통해 부모에게 전해졌습니다. 하지만 놀랍게도 부모는 그 편지를 아직 읽지 못한 10월의 어느 날에도, 이미 아이가 가장 듣고 싶어 했던 대답을 건네고 있었습니다.

얼마나 온 가족이 너를 사랑하고 있는지, 또 너의 밝은 모습이 점차 사라져 얼마나 안타까워하고 있었는지…

✉️ 아빠 | 10월 3일 | 친할아버지의 손녀딸 사랑

주현아 안녕, 잘 잤어? 오늘은 개천절 휴일이다. 잘 지내고 있지? 오늘은 할아버지 기일이라 제사를 지내러 안성 추모관에 다녀왔단다. 할머니와 고모 가족들 모두 16명이 모여서 제사를 지냈어.

할아버지께서 생전에 너를 얼마나 예뻐하셨는지 모를 거다. 너는 기억이 나니? 2007년 10월, 네가 만 2살 때 돌아가셨으니 아마 기억이 나지 않을 거야. 하지만 세상 누구보다 너를 무척이나 귀여워하시고 예뻐하셨단다. 오늘 제사 지낼 때에도 모든 가족들을 살펴달라고 말씀드렸지만, 아빠는 너에 대한 기도도 간절하게 했단다.

참석하지 못한 사람은 소연이와 너였는데 소연이는 여행을 갔다더라. 고모들도 너에 대한 안부를 많이 물으셨어. 잘 지내고 있냐고. 제사를 지내고 점심 식사를 하고 4시 정도에 집에 와서 이제서야 너에게 편지를 쓰고 있는 거란다. 요즘 매일 좀 늦는 것 같다. 양해해 주고. 막판 정리에 여념이 없겠지? 건강은 좀 어떠니? 문제는 없어? 어제도 얘기했지만 날씨가 쌀쌀해지고 일교차가 커지니 감기 조심해

라. 아빠도 아침에 일어나니 목이 약간 불편하더구나. 지금은 괜찮아졌다.

잠도 푹 자도록 노력하고 식사도 잘하고. 이제는 새로운 걸 습득하는 것보다는 네가 쌓아놓은 걸 지켜내는 데 중점을 두어야 할 거다. 그럼 오늘도 바쁘게 지내고 있을 텐데 잘 마무리하길 바라. 그리고 가끔은 잠깐이라도 여유를 갖고 웃을 수 있는 우리 딸이 되길 바란다. 바쁠수록 돌아가라. 꼭 필요한 경구란다. 그럼 오늘도 힘내 파이팅, 사랑한다 우리 딸 안녕.

✉ 엄마 | 10월 5일 | 햇살 같은 너

주현아, 갑자기 너 어렸을 때 엄청 방정맞게 활발하고 명랑하던 모습을 상상하니 말할 수 없이 귀엽고, 그때 좀 더 너의 어리광을 잘 받아줄 걸 하는 생각이 난다. 원래 엄청 적극적이고 활달한 우리 주현이었는데, 사춘기 지나면서 완전 '극 내향형'으로 바뀐 우리 딸.

얼마 안 남은 재수생 생활 마치고 다시 그 활달했던 때로 우리 같이 돌아가 보자. 늘 하는 말이지만 엄마와 딸만 즐길 수 있는 여러 가지 활동들을 진짜 같이 많이 즐겨보자. 엄마는 늘 긍정적으로 생각 많이 하는 편인데, 우리 예쁜 주현이 대학생 되면 정말 이것저것 아낌없이 다 해 주고 싶다.

그리고 너 운동 싫어하지만 너랑 이것저것 운동, 쇼핑, 문화생활 같이 하면 너무 좋을 거 같아. 예쁜 카페나 음식점도 많이 가고~ 딱 좋은 나이 20살이다. 그때는 모르지만 지나고 나면 가장 돌아가고 싶은 20대… 고민도 많지만 많은 걸 꿈꿀 수 있고, 가장 예쁜 인생의 꽃다운 시절. 조금만 견디면 네 앞에 펼쳐질 인생에 가장 찬란하고 예쁜 시절이 기다리고 있을 테니 오늘도 조금만 힘내 보자.

참, 너는 엄마, 아빠, 할머니, 가족들 외에도 너를 응원하는 많은 사람들이 있음을 잊지 말고 파이팅 해 주현아. 어제 아빠 회사의 가장 VIP이신 고객께서도(거의 할아버지시지, 70세가 넘으셨으니) 주현이 안부 물으시더라. 늘 응원해 주시고 계시고.

공부는 당연히 잘하고 있을 거라 생각하고, 건강 늘 유의하고, 멘탈 관리 잘하고 오늘도 행복하게 잘 보내길 기도할게. 걱정이나 불안 따위는 저 멀리 날려버리고. 사랑한다.

사랑한다. 우리 딸!

✉ **딸 | 10월 29일 | 사실 가족이 불편했어**

엄마에게

엄마 안녕, 나 주현이야. 10월 29일 엄마 생일 진심으로 축하해. 아까 엄마한테 전화를 하려고 했는데 엄마가 안 받더라. 그래서 아빠한테 대신 전해달라고 말했어. 엄마 생일날 다 같이 모여서 밥도 먹고 축하도 해 주고 그래야 될 텐데 내가 빠져서 좀 그렇네.

수능이 2주 정도 남았는데 엄마 생일 편지는 써야 할 것 같아서 자습 중에 몰래 쓰고 있어. 저번 주 주말에 통화했을 때는 내가 미안했어. 오랜만에 목소리 들을 수 있었는데 내가 너무 힘이 없었지? 밥을 요즘 좀 안 먹어서 신경 탓이었나 봐. 요즘엔 먹고 싶은 것도 없고 그냥 빨리 집에나 가버리고 싶어. 그나마 수능이 2주밖에 안 남아서 다행이지 여기서 한 달을 더 버티라고 했으면 나 진짜 쓰러질 것 같아. 이젠 진짜 한계라고 느껴져 피곤하다.

엄마는 오늘 생일이었는데 뭐 했어? 목소리도 못 들었네.

난 오늘 엄마가 쓴 편지 받았는데 엄마는 생일인 데도 내 편지도 못 받고. 엄마가 나 수능 끝나면 둘이 같이 많이 놀러 다니자고 했잖아. 나도 수능 끝나면 나랑 엄마가 더 나이 들기 전에 많은 추억을 쌓았으면 좋겠어.

엄마 말대로 내가 어릴 때는 활발했는데 성격이 변했다고 했는데, 솔직히 고등학교 다닐 때까진 가족들이 불편했어. 어차피 말해 봤자 서로 기분만.안 좋을 텐데 말해서 뭐 하나… 싶은 생각도 있었고, 20여 년간 엄마 아빠가 동생을 더 좋아한다고 계속 생각했던 것 같아.

아무튼 이런 생각을 갖고 있다가 기숙학원 오면서 '그래도 엄마 아빠는 날 사랑하는구나.'라고 느낀 것 같아. 이런 생각들을 한번쯤 말해 보고 싶었어. 엄마 아빠도 내가 했던 행동들에 실망감을 느끼거나 서운함을 느꼈을 때가 있겠지. 그런 것들은 나중에 나에게 다 얘기해 주면 내가 수용하고 고쳐 나가볼게.

아마 엄마가 이걸 읽게 될 때는 난 수능이 끝나 있겠지? 좋은 결과가 있었으면 좋겠다. 엄마 생일 축하해! 내년엔 엄마 생일 나랑 같이 보내자~ 나 믿고 기숙학원에서 재수 시

켜 줘서 고마워. 그리고 시간 들여 매일 편지 써 줘서 고마
워. 사랑해 엄마!

4

불안을 용기로
바꾸는 주문

수능이 코앞으로 다가왔습니다.

불안은 전염병처럼 번지지만, 이제 가족은 서로의 불안을
숨기지 않고 나눕니다. D-Day가 다가올수록 흔들리는 마음
을 다잡고 서로를 지탱하는 '단단한 말'들을 건넵니다.

✉ **엄마 | 10월 23일 | 너에게 좋은 에너지를 줄 글들**

맨날 엄마가 시시콜콜한 이야기들만 전했던 것 같아서, 오
늘은 주현이가 사색도 하고 마음도 좀 차분하게 잘 집중해
서 보낼 수 있게 좋은 글들을 찾아서 보내 본다.

"지금의 아픔은 너를 더 단단하게 만들 것이다. 청춘은 그 자체로도 아름답지만, 그 속에서 피어나는 꿈과 도전이 청춘을 더욱 빛나게 한다."

- 김난도, 『아프니까 청춘이다』 중에서

"행복은 먼 곳에 있지 않다. 지금 이 순간, 주어진 상황 속에서 행복을 찾는 법을 배우는 것이 중요하다."

- 법륜 스님, 『스님의 주례사』 중에서

"세상은 너를 배신할 수도 있다. 그러나 너는 너를 배신하지 마라. 자기 자신을 신뢰하는 순간, 어떤 어려움도 견딜 수 있다."

- 이외수, 『하악하악』 중에서

"어려운 시기를 지나며 우리는 어른이 된다. 그 시절의 고통이 우리를 성장시키고, 결국 더 큰 사람으로 만들어준다."

- 박완서, 『그 많던 싱아는 누가 다 먹었을까』 중에서

꼭 이런 유명한 작가나 인물들의 말이 아니어도, 얼마 전 친할머니께서 하신 말씀도 있으니 전해 줄게~ 얼마 전 엄마가 퇴근 후 할머니랑 소파에 앉아서 나눈 말이야. 할머니

께서 이렇게 말씀하시더라. 엄마가 약간 각색해서 보낸다.

친할머니 말씀.

"시집와서 애기 낳고, 애들 키우고, 대학 보내고, 취직 시키고, 결혼시키고, 어찌어찌 바쁘게 지내다 보니 벌써 80이 넘어 있더라. 인생이 이런 건가 봐! 그때그때 닥친 인생을 바쁘게 살다 보면 어느 순간 노년인 것. 인생은 하루하루 어떤 숙제 같은 걸 해 나가면서 짧은 기쁨과 행복을 느끼고, 또 그 짧은 기쁨과 행복을 위해 달려가는 것 같아!"

이 또한 명언 같지 않니?

너야 뭐 80은 아직도 멀었지만 그 큰 한 고비를 지금 넘고 있고. '어둠이 깊으면 곧 새벽이 온다'는 말도 있고, '산이 높아야 골이 깊다'라는 속담도 있고(품은 뜻이 높고 커야 생각이 크고 깊어진다는 뜻). 조금 큰 행복과 기쁨을 누리려면 그만큼 더 애쓰고 노력하고 고생해야 하는 게 인생의 법칙인 것 같아.

힘들 때마다 그렇게 주문을 외워라 주현아~ 내가 버티고 이겨 내는 만큼 내 앞에 큰 성과와 기쁨이 기다릴 것이다.

불안해하지 말고, 초조해하지 말고 한 걸음 한 걸음 뚜벅뚜벅 잘 걸어 나가자.

사랑해 주현아~ 오늘 하루도 너를 위해 기도할게. 좋은 하루가 되길. 집중 잘되는 하루가 되길. 좋은 사람 좋은 말만 오고 가는 충만한 하루가 되길. 파이팅!

✉️ 아빠 | 10월 27일 | 라인홀트 니부어의 기도

주현아 안녕. 잘 지내고 있었어? 오늘 아침은 아빠가 늦잠을 자다가 낮에는 일정을 보내느라 바빠서 이제서야 편지를 쓰게 되었단다. 오늘 날씨는 많이 흐렸었지. 오후에는 비도 부슬부슬 내리던데 잘 지내고 있었는지 궁금하다.

어제 건강한 목소리 들어서 반가웠어. 그래도 당초 생각보다는 쾌활하고 의욕에 넘치는 목소리여서 안도했단다. 시험이 다가오면 다가올수록 많이 힘들어질 것으로 생각했는데, 네가 잘 알아서 할 것으로 믿는다. 다만 마지막까지 긴장을 늦추어서는 안 된다. 끝까지 최선을 다하자.

어제 우연히 '라인홀트 니부어 기도문'을 편지에 적었었는데, 너도 그 글귀를 봤다는 얘기를 듣고 '이게 어떤 우연인가?' 하는 생각을 했었단다.

"주여, 바꿀 수 없는 것을 받아들이는 평온과 바꿀 수 있는 것을 바꾸는 용기를, 그리고 그 차이를 분별하는 지혜를 주옵소서."

이대로만 할 수 있다면 언제나 마음이 참 평온할 것 같다. 그렇지?

밥이 맛이 없는 것은 아마 음식에 조미료나 간을 많이 하지 않아서 그럴 거야. 그런 음식이 맛이 좀 밍밍하다는 느낌이 들던데 사찰의 음식이 그렇더라. 그래도 체력은 유지를 해야 하니 적당량은 먹도록 해야 한단다. 오히려 자극적이지 않으니 소화나 건강에는 도움을 줄 수 있다고 보는데, 아무튼 굶으면 안 된다. 체력이 떨어지면 나중에는 정신이 멍해지고 '두뇌가 잘 돌아가지 않는' 그런 느낌이 들더구나. 주의해야 한다. 그간 경험도 있으니 네가 현명하게 대처할 수 있을 거라고 믿어.

그럼 오늘도 잘 마무리하고 잠도 잘 자길 바라. 막판에 힘겨워할 게 당연하고 그런 경험이 있던 아빠로서는 많이 안타깝게 생각한다. 하지만 얼마 남지 않았으니 '인생에서 중요

한 시점'에서 통 큰 투자를 한다고 생각하고 좀 더 버텨 주
길 바라. 그럼 오늘도 잘 보내자. 우리 딸 파이팅, 사랑한다.

✉ 아빠 | 10월 29일 | 수처작주 입처개진(隨處作主 立處 皆眞)

주현아 안녕. 잘 잤어? 오늘은 약간 흐린 것 같은데 그래도
비는 오지 않을 것 같다. 11월 9일 집으로 복귀한다고 했으
니 이제 이렇게 편지 쓰는 것도 얼마 남지 않았구나. 아빠
는 편지를 쓰면서 예전의 기억을 더듬으면서 많은 생각을
했단다. 그 당시 후회되는 일도 많았고 시행착오도 많았기
때문에 그걸 너는 피해갈 수 있기를 진심으로 바라면서.

재수 시절, 고3 때와 비교해서 내가 단 한 가지 실수를 반복
하지 않겠다고 다짐한 것은 바로 이것뿐이었단다. '그때그
때 성적에 일희일비하지 않고 마지막까지 최선을 다한다.'

지금 심정은 어떠니? 할 것은 많고 무엇부터 해야 할지 잘
모르겠고 몸은 피곤하고 혹시 이렇게 진퇴양난 상황은 아
닌지?

마음이 급해져도 심호흡을 여러 번 하면서 마음을 한번 가

라앉히고 차분해지려고 노력해 봐라. 그리고 그동안 공부해왔던 자료를 계속 읽어봐. 정 안 되면 그냥 자리에 앉아서 눈을 감고 공부했던 내용을 계속 상기시켜 봐라.

혹시 불교 말씀이 도움이 될지 몰라서 적어볼게. 아빠도 좋아하는 말씀이란다.

「수처작주 입처개진(隨處作主 立處皆眞)」

옛날 당나라 임제 스님께서 남긴 말씀인데 대충 "당신이 어디에 처해있든 주인으로서 살아간다면 당신이 서 있는 곳 모두 진실이다." 라는 뜻이란다. 물론 스님의 그 깊은 뜻을 내가 다 알 수는 없는 일이다만, 행복하게 살기 위해서는 '주체적으로 산다는 것' 그리고 과거, 미래가 아닌 현재에 충실하게 산다는 것이 중요하다는 말씀으로 아빠는 이해하고 있어. 다름 아닌 지금 하고 있는 일에 몰입해서 해야 한다.

어쨌건, 오늘도 좋은 하루 알찬 하루 보내길 바라. 아빠는 항상 응원하며 기도하고 있어. 그럼 잘 지내. 사랑한다 우리 딸 안녕.

취약성을 드러낼 때, 진짜 연결이 시작된다

브레네 브라운은 자신의 약점과 상처를 솔직하게 드러내는 '취약성'이야말로 진정한 연결의 시작이라고 강조합니다.

딸이 "나 사실 외로웠다.", "동생만 예뻐하는 줄 알았다."고 고백한 그 순간은, 부모에게는 아이의 오래 묵은 감정이 전달되어 가슴 아픈 순간이었습니다. 하지만 역설적이게도 그 순간은 우리 가족 관계가 회복되는 결정적인 전환점이 되었습니다.

딸의 고백에 대해 부모는 방어하지 않고, "몰랐다.", "미안하다.", "사랑한다."라고 즉각적으로 따듯하게 응답하며 오해의 벽은 허물어지기 시작했습니다. 수잔 존슨 박사가 말한 관계 회복의 핵심인 '정서적 접근성'이 편지라는 통로를 통해 비로소 맞닿은 것입니다.

가을은 그렇게 우리 가족의 마음이 진짜로 열리는 계절이 었습니다.

당신은 사랑하는 사람에게
솔직한가?

"괜찮아."라는 말 뒤에 숨지 마세요. "나 사실 힘들어.", "나 좀 안아줘."라고 말할 때, 사랑은 비로소 당신을 꽉 안아줄 준비를 합니다.

Q 지금, 사랑하는 사람에게 "괜찮아."로 덮어둔 감정이 있나요?

____

____

Q 그 감정의 진짜 이름을 딱 한 단어로 쓴다면, 무엇인가요?

____

____

PART 4

더 단단해진 자리

: 우리는 다시 연결되었다

"사랑은 서툴지만
결국 도착한다."

겨울이 왔습니다. 모든 잎을 떨구고 앙상한 가지만 남은
나무처럼, 수험 생활의 끝자락에서 우리는 가장 본질적
인 것만 남기고 마주 섰습니다.
태어나서 처음으로 아이가 무언가를 향해 온 힘을 다 바
친 것에 대한 그만큼만의 결과는 있을 것이라 생각하면
서, '성공'을 위한 기도가 아니라, 온 힘을 다해 노력한
'존재'를 위한 기도를 했습니다.

심리학자 존 가트맨은 '관계는 갈등이 없는 상태가 아니
라, 갈등을 수선해 나가는 과정'이라고 했습니다. 우리는
지난 8개월간 400여 통의 편지를 통해 서로의 마음을
수선해 왔습니다.
이제, 그 긴 수선의 시간을 끝내고 다시 한집에서 밥을
먹고 눈을 맞출 시간만 남았습니다.

1

흔들림을 지난
마음들

수능 일주일 전. 부모는 더 이상 점수나 대학 이야기를 하지 않습니다.

대신 "고생했다.", "자랑스럽다."라는 말로, 아이의 존재 가치를 높여줍니다.

✉ **아빠 | 11월 4일 | 집에 돌아오기 전 마지막 주**

주현아 안녕. 잘 잤어? 오늘은 월요일. 아침부터 비가 왔던 것 같다. 지금은 그쳤지만 앞으로 날씨가 쌀쌀해진다고 하니 보온과 건강에 유의하도록 해.

이번 주가 집에 오기 전 학원에서 보내는 마지막 주가 되겠구나. 알차게 '유종의 미'를 거두길 바라. 마무리를 잘해야 한단다. 심적으로 부담되거나 힘들면 이게 '어차피 언젠가 한 번 넘어야 할 산'이라고 생각하고, 그동안 수많은 선배가 다 거쳐 간 길이며 이 시점에는 누구나 다 힘들고 어려워할 것이라고 생각해 보렴.

아빠는 이 생각을 회사에서 승진 시험 준비할 때 되뇌곤 했었어. '피한다고 될 일이 아니다. 좌우간 어차피 맞닥뜨리게 될 상황이다.' 이런 생각을 하니 좀 담담해지기도 하고 의연해지기도 했었다. 그리고 이번 관문만 넘게 되면 신나고 멋진 일이 많이 생길 거야. 그건 확실하단다. 이렇게 몇 년을 한 가지 목표를 위해 얽매여 생활해 본 경험이 아빠의 경우에도 나중에는 별로 없었어.

그럼 오늘도 잘 지내고 마무리 잘하길 바라. 또 힘들 때마다 그동안 네가 애써서 노력해온 시간, 그리고 곁에서 응원하고 있는 가족들을 생각하면 좋을 것 같다. 그럼 오늘도 파이팅~ 사랑한다 우리 딸 안녕.

✉ 엄마 | 11월 5일 | 108배

엄마가 주현이를 위해서 절 기도를 해 볼까 해. 아침에 일찍 하려고 했는데, 그러진 못 했고, 어쨌건 오늘 안에 꼭 하려고 해. 108배 하면서 기도를 해 보려고. 절에 가끔은 갔지만 108배 해 본 적은 없었는데, 너를 사랑하는 마음으로 좀 서툴러도 한번 해 볼게.

이제 얼마 안 남았으니까 끝까지 우리 힘내 보자. 주현아~ 엄마가 너 집에 복귀하면 최대한 편안한 느낌 받을 수 있도록, 이불도 싹 다 빨고 보송하게 잠들 수 있도록 해놓을게. 그 밖에 뭐 더 필요한 게 있으면 언제든, 뭐든 이야기하고.

「주현이를 위한 오늘의 기도」

우리 주현이 오늘 하루도 식사 맛이 없더라도 영양소 잘 챙겨서 먹고 건강하길 기도합니다.

우리 주현이 졸리지 않고, 에너지 소진되지 않고 하루 잘 지낼 수 있기를 기도합니다.

우리 주현이 하루 종일 앉아서 지내면 몸도 쑤시고 할 텐데, 조금의 산책이나 스트레칭을 통해서라도 몸 아프지 말고 찌뿌둥하지 않고 좋은 컨디션이길 기도합니다.

우리 주현이 오늘 하루도 또 열심히 공부할 텐데, 그동안 잘 안 풀리고 안 외워지던 문제가 오늘은 웬일인지 잘 풀리고, 잘 이해되고, 잘 기억되길 기도합니다.

우리 주현이 오늘도 선생님, 친구들과 같이 지내는 동안 좋은 말만 많이 나누고, 감정 다치지 않게 좋은 하루이길 기도합니다.

우리 주현이 소화도 잘 안 되는 거 같은데, 오늘은 배변도 시원하게 하고, 속 시원한 하루가 되길 기도합니다.

우리 주현이 오늘 밤부터는 잠이 아주 술술, 편안한 밤이 되길 기도합니다.

주현아 사랑해. 이제 고지가 머지않았다. 파이팅!

✉ 아빠 | 11월 6일 | 믿음

주현아 안녕, 잘 잤어? 오늘 아침은 꽤 춥네. 거기는 어떠니? 아마 많이 추울 것 같은데 보온에 유의하고 건강 잘 챙기길 바라.

이제 이렇게 편지 쓰는 일도 앞으로 오늘 포함 3번 정도 남았겠구나. 참 시간 빠르다. 그렇지? 처음에 편지 쓸 때는 이렇게 매일 쓸 줄은 몰랐는데, 세어 보지는 않았지만 약 7개월 10일 동안 매일 써왔으니 약 220통 정도 쓴 것 같아. 엄마도 그 정도 썼다면 도합 440통일 것이고 책으로 출판해도 될 분량인 것 같다.

마음은 좀 어때? 당연히 마음이 편하지는 않겠지. 그래도 그동안 네가 해온 걸 믿고 차분해지려고 노력하길 바라. 그렇게 지속적으로 꾸준히 노력해온 것은 아무나 할 수 있는 일이 아니란다. 어림잡아도 적어도 90% 이상 학생은 하루 이틀은 모르겠지만 그렇게 못한다.

아빠의 경우도 정말 몰입해서 밤잠을 줄일 정도로 열심히 공부한 것은, 재수 기간(5월 초순~11월 중순) 6개월여를 통틀어서 4개월 정도였던 것 같다. 나머지 2개월은 원서도 써야 하고, 몸이 안 좋아 누워있기도 하고, 공부가 안 되어서 어영부영 지내기도 하고… 이런 시간도 있었거든. 그래도 그 2개월 동안에도 열심히는 안 해도 책을 손에서 놓지는 않았단다. 그런 날은 그저 공부한 것을 유지하는 선이었던 것 같다. 솔직히 얘기하는 거야.

너도 그런 때가 있었을 거야. 혹시나 그 시간들 자책하지 말기를 바라. 완벽한 건 없는 것 같다. 아빠가 보기에는 너는 충분히 노력했다. 자신감을 가져라. 그럼 오늘도 좋은 하루 알찬 하루 보내길 바라. 아빠는 널 항상 응원하고 사랑한다. 혹시 힘들 때마다 우리 가족들을 생각해서 마지막 힘을 내 주길 부탁한다. 그럼 파이팅~ 안녕.

 열심히 사는 동안, 딸을 잃어버렸습니다

2

완벽하지 않아도
완벽한 우리

드디어 기숙학원에서의 마지막 날입니다. 완벽하지 않아도 괜찮습니다. 우리가 함께 견뎌온 시간들이 이미 우리를 완벽하게 만들었으니까요.

최선을 다했다면, 그것으로 된 것입니다.

✉ 아빠 | 11월 8일 | 마지막 편지

주현아, 안녕. 오늘이 기숙학원으로 보내는 마지막 편지가 되겠구나. 시원섭섭하네. 어제 통화해서 반가웠어. 힘들다고, 한계에 온 것 같다고 했는데 다른 학생들도 다 그럴 거야. 조금만 더 참아줘. 그리고 그런 스트레스와 압박 상황하에서 밥맛이 좋다면 오히려 그게 더 이상한 거다.

오늘 아침에는 우연히 '별별 한국사' 최○○ 선생님을 뵙고
잠깐 얘기를 나눴단다. 이번 수능 시험이 어떻게 나올 것
같은지 여쭈어 봤더니, 그냥 무난할 것이라고 말씀하시더
라. 그리고 재수생한테 유리할 거라고. 한국사는 본인 강의
만 들으면 다 나올 거라고 하셨어. 특히 총정리 강의가 50
분씩 4개 강의가 있는데 거기서 다 나올 확률이 높다고 하
시더라. 걱정을 덜어주려고 하셨는지는 모르겠지만, 재수
생들에게 유리할 거라고 충실히 준비해 왔다면 걱정 안 해
도 될 거라고 격려해 주셨다. 이렇게 유명한 분한테서 기운
을 받으니 더욱 힘이 나지 않니? 아빠는 아주 좋은 징조라
고 봐.

오늘이 학원에서 지내는 진짜 마지막 날이 되겠구나. 그동
안 수고 많았고. 그래도 이 시점이 귀중한 하루하루이니 오
늘도 충실히 잘 보내길 바라. "진인사대천명(盡人事待天
命)" 끝까지 최선을 다하는 사람에게만 하늘도 보상을 내
려 줄 거다.

어제 얘기한 대로 내일 오후 1시까지 핑크색 캐리어 가지
고 학원으로 갈게. 그럼 오늘도 좋은 하루 보내고 마지막까

지 힘을 내 보자. 오늘도 파이팅~ 안녕.

✉ 엄마 | 11월 8일 | 우리 내일 만나자

주현아, 드디어 내일이면 너를 데리러 가는구나. 그동안 진짜 고생 많았어. 너의 러셀 담임 선생님께서도 '주현이가 꾸준히 우상향하고 있는 학생'이라고 칭찬하시더라. 좀 더 자신감 가지고 네가 어렵게 생각하고 있는 문제들도 도전해 보면 반드시 좋은 결과가 있을 거라고 하셨어.

참, 어제는 엄마가 저녁때 회사 사장님과 식사 중이어서 전화를 못 받았어. 한창 대화 중이어서 전화 받기가 좀 어려웠거든. 미안해. 대신 아빠가 너랑 통화한 내용 전달해 줬고, 담임 선생님께서 전화 주셔서 통화도 했단다.

기숙사에서 오늘이 마지막 날이니까 오늘까지도 정신 줄 꼭 잡고 잘 지내고 있어. 짐은 오늘 밤에 쌀 건지 아님 내일 점심시간에 쌀 건지 모르겠지만, 빼놓는 거 없이 잘 챙겨올 수 있도록 차분히 정리하렴.

그럼, 오늘 하루도 행복하고 마음 편안하게~ 건강하게~ 페이스 유지하면서 잘 지내고 있길 바라.

사랑한다. 응원한다. 우리 딸. 엄마 오늘 아침에도 주현이를
위해 절하면서 기도했단다. 너를 위한 절과 기도지만 엄마
마음도 편안해지고 좋더라. 힘내. Have a Good Day!

3

돌아오는 길, 꿈같았던 시간들

아직 시험은 일주일 정도 남았습니다. 아이는 집 근처 학교에서 시험을 보려고 조금 일찍 기숙학원을 퇴소했습니다.

기숙학원 현관문 앞에 서 있는 아이를 향해 부모는 달려갑니다. 핑크색 캐리어를 끌고 집으로 돌아오는 길, 차 안에는 안도감과 사랑으로 따뜻함이 가득 찼습니다.

✉ 아빠 | 11월 8일 | 너를 데리러 간다

주현아 안녕, 잘 잤어? 아침에 스터디 카페에 다른 일로 왔다가 편지를 남긴다. 이 편지를 학원에서 볼지 집에 와서 볼지 모르겠구나. 11시 30분 조금 넘어 집에서 학원으로 출발할 예정이야. 지금은 10시.

아무쪼록 집에서도 시험일까지 평소 루틴과 학습해 왔던 그 기세와 패턴을 계속 유지하길 바라. 시험을 집 근처에서 볼 예정이니 어쩌면 집에 조금이라도 먼저 와서 적응 기간을 갖는 것도 나쁘지 않다는 생각이야. 그래도 마지막까지 단 며칠이기는 하지만 최선을 다하려면 많이 참고 이겨 내야 할 거다.

그럼 조금 후 1시에 보자. 짐 잘 정리하고 기숙학원 마무리 잘해. 오늘도 파이팅~

4

앞으로 우리가
써 나갈 새로운 편지들

딸아이의 재수 생활은 매우 힘든 시간이었지만, 20살의 문턱을 넘어 더 넓은 세상으로 나아갈 수 있게 해 준 소중한 시간이었습니다. 아이는 목표했던 대학은 아니었지만, 그래도 만족할 만한 대학에 합격해서 현재 1학년을 마쳐가고 있습니다.

우리의 인생은 계속됩니다. 이 1년의 시간은 단순한 입시 준비 기간이 아니었습니다. 가족이 서로를 다시 배우고, 사랑하는 법을 익힌 '인생 학교'였습니다.

✉ **딸 | 2025년 10월 24일 | 성인이 된 후 엄마에게 쓰는 첫 편지**

엄마 안녕, 나 주현이야! 성인이 되고 나서 엄마한테 처음

써 보는 편지 같아. 이 편지를 쓰는 이유는 엄마가 며칠 뒤에 생일이기 때문이지! 생일 축하해 엄마!

케이크는 엄마가 골프를 좋아하니까 일부러 골프장 모양 레터링 케이크로 준비해봤어. 다음에 알바하고 월급 받으면 더 좋은 걸로 사 줄게.

그러고 보니까 나 재수학원 있을 때 엄마 아빠가 매일매일 편지 써 줬었는데… 약이랑 편지 같이 택배로 보내줬던 때도 있었고. 그게 진짜 나한테 힘이 많이 됐던 거 같아. 아직도 정말 고마워 엄마. 엄마 아빠가 그렇게 날 믿어주고 응원해 준 게 아니었다면 못했을 거야. 재수학원에서 생활하다가 오랜만에 우리 집으로 돌아와서 가족들 봤던 게 가장 큰 행복이었어.

난 엄마한테 항상 고마운데 표현을 잘 못하는 것 같아. 이 편지를 빌려 진심을 담아서 써볼게. 엄마 말투가 살갑진 않지만 항상 날 위해 주는 게 잘 보여서 너무 고맙고, 이런 부모님에게서 태어난 게 정말 행운이라는 생각이 들어.

나 학교 끝나면 수고했다고 해 주고, 학교 갈 때 매번 버스 정류장까지 태워주고, 맛있는 것도 많이 사 왔다고 빨리 오라고 해 주고. 학교가 먼데도 자취하거나 기숙사로 가서 살 생각이 없는 이유가 집에 엄마가 있어서 그런 것 같아. 엄마 덕분에 집안 분위기가 따뜻하고 아늑한 것 같아. 아빠도 나도 재원이도 표현을 잘 못해서 그렇지 항상 엄마한테 고마워하고 있어. 이젠 나도 표현을 잘하려고 노력해 볼게. 그리고 난 엄마를 진심으로 존경해. 여자로서 그렇게 높은 위치에 있는 게 쉬운 일이 아닌데, 퇴사하기 전까지 스트레스도 많이 받는데도 견뎌내면서 다니고. 나이가 들면 원래 사람은 본인이 처해있는 상황에 안주하고 노력 안 하는 경우가 많은데(나이가 적은 나 같은 사람도), 엄마는 지금 회사는 안 다니지만 집안일도 하면서 여전히 영어 공부도 하고, 대학원도 다니고, 구직 활동도 계속하고 스펙을 쌓고 있잖아. 특히 재원이가 올해 또 고3이라 입시 정보 같은 것도 혼자서 다 알아보고 많이 힘들 것 같아. 너무 대단하면서도 신기해. 엄마는 그 누구보다도 주체적이고 멋진 사람 같아. 나도 그렇게 당당하고 멋진 자신감 넘치는 사람이 되고 싶어. 난 엄마 딸이니까 잘할 수 있겠지? 내가 나중에 그런 사람이 돼서 우리 가족 행복하게 해 줄게!

현역 때는 내가 수능 못 봐서 엄마가 많이 힘들어했던 게 기억나. 그래도 내가 재수하고 나서 좋은 방향으로 돼서 엄마가 기뻐했던 게 뿌듯했어. 앞으로 난 계속 그렇게 할 거야. 재수해서 성공한 것도 다 엄마 아빠의 지원 덕분이라고 생각해. 고마운 게 정말 많아.

아무튼 지금도 엄마가 집에 없는데, 잠깐 없는데도 집이 허전하다. 빨리 왔으면 좋겠어. 엄마도 스트레스 받아 가면서 무리하지 말고 평소에 잘 쉬면 좋겠어. 항상 고맙고 사랑해 엄마~ 생일을 진심으로 축하해!

    열심히 사는 동안, 딸을 잃어버렸습니다

Happy
Birthday

회복탄력성은 시련 뒤에
더 강해지는 힘이다

딸아이의 재수 생활은 우리 가족에게는 상상할 수 없을 정도로 소중한 시간이었습니다. 그 시간 속에는 갈등도 있었고, 오해도 있었고, 눈물도 있었습니다. 하지만, 우리는 존 가트맨 박사가 말한 '보수 시도'를 멈추지 않았습니다.

편지 속에 담긴 "미안하다.", "고맙다.", "사랑한다."는 문장들. 아이가 용기 내어본 "나도 엄마 아빠를 사랑해."라는 고백. 그리고 묵묵히 보낸 영양제와 핫팩들… 이 모든 것이 바로 우리가 서로의 마음을 보수하기 위해 내밀었던 간절한 손길이었습니다.

이 치열한 과정을 통해 우리 가족은 '회복탄력성'이라는 가

장 소중한 선물을 얻었습니다. 이제 우리는 시련 앞에서 부
러지는 것이 아니라, 다시 튀어 올라 이전보다 더 강해지는
법을 압니다.

200여 일간의 편지는 끝났지만, 앞으로도 우리는 다시 쓰
고, 다시 고치고, 다시 사랑할 것입니다.

우리 가족의 '회복탄력성'은
어떤 문장이었을까?

"수고했다." 그리고 "사랑한다." 이 두 마디면 충분했습니다.
우리는 완벽하지 않아서, 서로에게 기대어 비로소 온전해지는
가족입니다.

Q 힘들었던 그 시간을 지나오게 한 우리 가족의 한 문장은 무엇인가요?

____

____

Q 아직 한 번도 제대로 전하지 못한 말이 있다면 지금 이 자리에서
적어보세요.

____

____

   열심히 사는 동안, 딸을 잃어버렸습니다

다시, 서로에게 편지를 쓰는 일

솔직히 말하면, 이 이야기는 아직 끝나지 않았습니다. 딸아이가 기숙학원에서 돌아온 뒤에도 우리는 여전히 자주 서툴렀고, 가끔은 예전 버릇대로 상처 주는 말을 하기도 했습니다. 서로를 향해 마음을 닫아 버리는 순간들도 완전히 사라지지는 않았습니다.

그래도 분명히 달라진 것이 하나 있습니다. 이제 우리는 침묵으로 버티기보다, 조금 돌아가더라도 표현하고 이해하려고 노력한다는 점입니다. 무심코 던진 한숨이 누군가의 마음을 찌를 수 있다는 것을, "괜찮아."라는 말 속에 실제로는 수없이 많은 "괜찮지 않음"이 숨어 있다는 것을, 우리는 편지 400통을 오가며 비로소 배웠습니다.

이 책을 쓰는 동안, 저는 계속 같은 질문을 떠올렸습니다. 도대체 언제부터, 가장 사랑하는 사람을 가장 당연한 사람처럼 대하기 시작했을까? 일 때문에, 바쁘다는 이유로, "나도 힘들다."는 변명 뒤에 숨어서, 가장 중요한 사람의 마음을 보지 못하고 가장 나중으로 미뤄두지 않았을까요?

이제 저는 믿게 되었습니다. 관계를 바꾸는 것은 특별한 이벤트나 대단한 결심보다도, 오히려 평범한 하루하루를 조금 다르게 대하는 반복이라는 것을.

이 책의 마지막 장을 넘기는 당신에게 묻고 싶습니다. 당신의 마음속에는 아직 부치지 못한, 혹은 꺼내지 못한 어떤 말들이 머물고 있나요? 마음은 여전히 그곳을 향해 있는데, 어디서부터 말을 꺼내야 할지 몰라 멀찍이 서 있으신가요? 혹시 지금, 당신 곁에도 서먹해진 가족이 있나요?

사랑은 때로 서툴고 늦게 출발할 수도 있습니다. 하지만 포기하지 않고 매일 그 마음을 적어 보낸다면, 그 진심은 반드시 사랑하는 사람의 마음에 도착할 것입니다. 우리 가족에게 일어난 이 작은 기적이, 이제 제 손을 떠나, 누군가에게는

늦은 밤 편하게 읽는 한 편의 위로가 되고, 또 다른 누군가에
게는 "다시 한번 시도해 볼까?"라는 작은 용기가 되었으면
좋겠습니다.

감사의 글

이 책은 혼자 쓴 책이 아닙니다. 늘 같은 자리에 함께 앉아 있던 사람이 있었습니다. 200일 동안 단 하루도 빠짐없이 딸에게 같은 마음으로 편지를 쓴 사람. 그 꾸준함이 없었다면 이 책은 시작조차 되지 못했을 거예요.

아이가 기숙학원에 있던 그 시간 동안 남편과 저는 하루도 빠짐없이 편지를 썼습니다. 어떤 날은 바쁜 하루 끝에 지친 몸으로 책상 앞에 앉았고, 어떤 날은 무슨 말을 써야 할지 한참을 고민하기도 했습니다. 그래도 남편은 늘 같은 말로 제 등을 밀어주었습니다.

"오늘도 쓰자."

이 짧은 한마디 덕분에 하루도 건너뛰지 않을 수 있었던 것 같습니다.

그리고, 이 책이 세상에 나오기까지 남편은 가장 가까운 독자가 되어 주었습니다. 원고를 함께 읽고, 조용히 의견을 건네고, 때로는 제가 흔들릴 때마다 "고생하네. 대단해."라고 말해 주었습니다.

화려한 말보다 묵묵한 응원으로 늘 제 옆에 있어 준 남편에게 깊이 감사합니다. 이 책의 절반은 당신의 시간입니다. 말보다 행동으로 늘 곁을 지켜 준 당신 덕분에 이 책을 끝까지 완성할 수 있었습니다.

여보, 고마워요.

저자는 100여 명의 남학생들이 득실거리던 공대 강의실에서 몇 안 되는 여학우로 누구보다 명석한 두뇌와 기대를 모았던 자랑스럽고 근성 있는 후배였습니다. 대학 시절 보여준 모습은 기대를 져버리지 않고 사회생활로도 이어져, 여성에게 유독 쉽지 않은 자동차 업계 대기업 유리천장을 뚫고 유능한 전략가로 임원의 자리에 오르는 독보적인 커리어로서 자신을 증명해냈습니다.

하지만 성공한 30년 차 베테랑 전략가에게도 인생에서 가장 풀기 힘든 난제는 바로 '자녀와의 관계'였습니다.

이 책은 일과 성공을 향해 거침없이 질주한 성공 워킹맘이 잠시 멈춰 서서 딸에게 건네는 뒤늦은 참회록이자 솔직한 자기고백입니다. 저자는 자신의 속마음을 기꺼이 드러내며, 심리학적 통찰을 바탕으로 20년 동안 굳게 닫혀 있던 아이의 마음 문을 두드립니다. 재수라는 극한의 시간 속에서 부모가 함께 써 내려간 400통의 편지는 비난과 훈계가 아닌, 사랑의 반복이 어떻게 한 인간을 다시 일어서게 하는지에 대한 경이로운 모습을 보여줍니다.

쉽지 않은 사회생활에서 모든 것을 헤치고 해결해 나가는 당당한 부모지만, 그만큼 아이에게는 항상 미안하고 한없이 작아질 수밖에 없었던 모든 부모에게 이 책을 권합니다. 공학적 논리로는 결코 닿을 수 없었던 소중한 아이의 마음을 다시 얻는 법, 그 기적 같은 정답이 이 정성 어린 편지들 속에 담겨 있습니다.

차두원

퓨처링크 대표이사

김희정 선배는 한국타이어라는 남성 중심 조직의 최전선에서, 감정에 휘둘리지 않고 숫자와 전략으로 판단하며 끝까지 책임지는 리더였습니다.

첫 번째 여성 과장, 팀장, 임원이라는 이력은 개인의 성취를 넘어, 그 자리에 서기 어려웠던 수많은 여성 후배들에게 "가능하다"는 기준을 만들어주었습니다. 그래서 김희정 선배는 늘 우상이었고, 조직 안에서 여성들이 버틸 수 있는 길의 증거였습니다.

지금 제가 아이 둘을 키우며 일하는 부모가 되고서야, 그 리더십 아래에 얼마나 많은 개인적인 흔들림과 선택의 고통이 있었을지 비로소 헤아리게 됩니다. 그리고 그렇게 전략적이고 단단했던 리더가, 아이 앞에서는 '전략'이 아니라 '편지'라는 가장 느리고 사적인 방식으로 마음을 건넸다는 사실에 오래도록 책장을 덮지 못했습니다.

에니어그램을 통해 사람의 마음과 리더십을 연구해온 저에게, 이 책은 리더십의 또 다른 얼굴을 보여줍니다. 사람의 마음은 지시나 설명으로 움직이지 않습니다. 지속적으로 전해지는 진심 앞에서만 관계는 회복됩니다. 이 책은 그 과정

을 꾸미지 않고, 현실 그대로 보여줍니다. 그래서 더욱 믿을
수 있습니다.

무엇보다 이 이야기가 인상적인 이유는, 이것이 아이를 변
화시킨 이야기로 그치는 것이 아니라 리더로서, 부모로서 한
사람이 더 넓은 삶으로 성장해 간 기록이기 때문입니다. 아
이와 다시 연결되는 과정에서 김희정 선배의 리더십 역시 이
전보다 더 깊고 단단한 결로 확장됩니다.

일과 책임 사이에서 늘 완벽하지 못하다고 느끼는 모든 여
성 리더, 그리고 부모들에게 이 책을 권합니다. 아직 늦지 않
았다는 것, 그리고 한 사람의 진심 어린 선택이 가정과 삶,
그리고 리더십의 결까지 바꿀 수 있다는 사실을 이 책은 조
용히 증명합니다.

김혜진

에니어그램해라 대표

저자를 떠올리면, 늘 똑 부러지는 판단과 에너지 넘치는 모습이 먼저 생각납니다. 멀리서 봐도 '참 스마트하다.', '나도 저런 통찰력을 갖고 싶다.'는 말이 절로 나오는 분이었지요. 그래서 이 책을 처음 읽었을 때, 오히려 조금은 낯설고, 또 뭉클한 마음이 들었습니다.

'내가 알던 그 단단한 리더의 시간 속에 이렇게 치열한 엄마의 시간이 함께 있었구나.'

이 책은 무언가를 잘해 내는 방법을 알려주는 이야기가 아닙니다. 오히려 뜻대로 되지 않는 순간 앞에서, 부모가 얼마나 서툴고 또 미안한 존재가 될 수 있는지를 솔직하게 보여줍니다. 저자는 조언하거나 다그치기보다, 매일 한 통의 편지를 쓰는 선택을 합니다. 특별할 것 없어 보이는 그 반복이 쌓여 결국 아이의 마음에 닿는 과정을 따라가다 보면, 관계를 회복한다는 것이 얼마나 오래 걸리고 또 얼마나 따뜻한 일인지 자연스럽게 느끼게 됩니다.

저 역시 아이를 키우는 부모로서 이 책을 읽는 동안 여러 번 제 모습을 돌아보게 되었습니다. 아이에게 더 좋은 길을 알려주고 싶다는 마음이 앞서, 정작 아이의 마음을 천천히 기다려 준 적이 있었는지 스스로에게 묻게 되었습니다. 아이를 잘 키운다는 건 무엇을 더 해 주는 일이 아니라, 끝까지 아이 곁에 있어 주는 일일지도 모른다는 생각도 들었습니다.

일과 가정 사이에서 늘 분주하게 살아가며, 마음 한 켠에 미안함을 담고 있는 부모라면 이 책이 낯설지 않게 다가올 것입니다. 누군가의 대단한 이야기가 아니라, 우리 모두가 지나고 있는 시간에 대한 이야기이기 때문입니다. 이 편지들의 기록이 많은 부모와 자녀에게 다시 한번 서로를 바라보는 계기가 되기를, 그래서 각자의 방식으로 따뜻한 한 문장을 건네게 되기를 바랍니다.

강원일

한국타이어앤테크놀로지

대치동에서 26년을 보냈습니다. 교육의 1번지라 불리는 이곳은 왠지 모든 아이들이 다 잘할 것만 같은 환상의 교육도시처럼 보이지만, 그 안에서 저는 생각보다 많은 눈물을 보았습니다. 아이의 눈물도 있었고, 부모의 눈물도 있었습니다.

솔직히 고백하자면, 오랜 시간 교육 현장에 있었던 것이 조금은 부끄러워질 만큼, 저 역시 내 아이의 문제 앞에서는 수많은 고민과 한숨과 눈물을 쏟아냈습니다. 남의 아이 상담은 그렇게 차분히 하면서도, 막상 내 아이의 성적표 앞에서는 마음이 흔들렸고, 말 한마디에 후회하고, 밤마다 자책했습니다. 특히 재수라는 시간을 지나고 있을 때, 가정 안의 공기는 참 묘하게 달라집니다. 말은 줄어들고 마음은 더 복잡해지며, 서로를 위하는데도 자꾸만 어긋납니다.

그래서 저는 이 책을 읽으며 몇 번이나 책을 덮었다가 다시 펼쳤습니다. 아, 이건 남의 이야기가 아니구나. 지금도 어딘가에서 같은 시간을 지나고 있을 수많은 부모와 아이의 이야기구나 싶어서요.

이 책은 공부 잘하는 법을 알려주는 책이 아닙니다. 재수 성공 비법을 말하는 책도 아닙니다. 기숙학원으로 떠난 딸에

　열심히 사는 동안, 딸을 잃어버렸습니다

게 하루도 빠짐없이 8개월 동안 편지를 쓴 엄마와 아빠의 기록입니다. 무려 400통의 편지. 그 안에는 멋진 문장보다 "미안하다."는 고백이 더 많고, 조언보다 "그래도 너는 충분하다."는 말이 더 많이 등장합니다.

저는 늘 부모님들께 이렇게 말씀드립니다. "아이를 바꾸는 건 전략이 아니라, 안심입니다." 이 책의 진짜 힘은 이론에 있지 않습니다. 완벽해 보이는 대기업 임원 출신 워킹맘이 딸 앞에서는 서툰 엄마였음을 인정하는 용기, 그 솔직함이 이 책을 더욱 따뜻하게 만듭니다.

현장에서 이런 말을 참 많이 듣습니다. "대표님, 이미 너무 멀어진 것 같아요.", "지금 와서 뭘 해도 늦은 거 아닐까요?" 이 책은 조용히 말해 줍니다. 아니라고. 지금부터라도 한 문장 쓰면 된다고. 200일 동안 매일 써 내려간 편지가 닫혀 있던 아이의 마음을 조금씩 열어가는 과정을 보면서 저는 확신하게 되었습니다. 관계는 한 번의 대화로 바뀌지 않지만, 하루 한 문장은 반드시 쌓인다는 것을요.

이 책은 특히 워킹맘들에게 깊은 위로가 될 것입니다. 일과 육아 사이에서 늘 미안함을 안고 살아온 분들, 아이의 사춘기를 같이 지내며 자신도 모르게 같이 지쳐 버린 부모님들께 이 책은 다정하게 손을 내밉니다. 입시는 언젠가 끝나지만 관계는 평생 갑니다. 성적은 숫자로 남지만 부모의 문장은 아이의 마음에 영원히 남습니다.

오늘 밤, 아이 방문 앞에서 망설이고 계신다면 거창한 말 대신 짧은 문장 하나 적어보셔도 좋겠습니다. "오늘도 네가 참 고맙다." 그 한 문장이 어쩌면 우리의 401번째 편지가 될지도 모르겠습니다.

김정민

대치 W영어 대표
『대치동 상위 1% 문해력』 저자

특별 부록

"20분이 걸려도 괜찮다, 다섯 줄부터 시작하기."
쌍방향이 아니어도 되는, 일상의 루틴이 만드는 기적

이 책에 실린 편지들은 특별한 글쓰기 기술로 쓰인 문장들이 아닙니다. 어떤 날은 날씨를 이야기했고, 어떤 날은 짧은 안부를 남겼습니다. 하지만 그렇게 쌓인 작은 문장들이 어느 순간 아이의 마음을 다시 열었습니다.

이 부록에는 우리가 편지를 이어 오며 자연스럽게 발견한 작은 방법들을 정리했습니다. 몇 줄의 짧은 글이라도 꾸준히 마음을 전하는 일이 관계를 바꾸는 시작이 될 수 있습니다.

1. '쓰는 시간'을 하루 일과표에 박제하세요

편지를 '시간 날 때' 쓰려고 하면 영영 못 씁니다. 양치질이나 식사처럼 고정된 루틴으로 만드세요.

- **아빠의 방식:** 아침 일찍 스터디 카페에 가서 하루를 시작하기 전 가장 먼저 편지를 썼습니다.
- **엄마의 방식:** 회사에 출근하자마자 업무 시작 전, 모닝커피를 마시는 시간에 편지창을 열었습니다.

2. 특별한 이야기가 없으면 '날씨'와 '밥' 이야기를 쓰세요

매일 거창한 교훈이나 감동적인 이야기를 쓸 수는 없습니다. 할 말이 없을 땐 창밖의 날씨, 오늘 먹은 점심 메뉴, 퇴근길 풍경 같은 사소한 일상을 적으세요. 고립된 아이에게는 부모가 전하는 '오늘의 날씨'가 바깥세상과 연결되는 유일한 창문입니다.

3. '다섯 줄'만 써도 충분합니다 (부담 갖지 않기)

길게 써야 한다는 강박을 버리세요. "오늘도 사랑한다.", "밥 잘 먹고 힘내라."는 짧은 다섯 줄의 문장이라도 매일 도착한다는 것 자체가 아이에게는 가장 큰 안정감입니다. 내용은 짧아도 그 꾸준함이 아이를 지탱합니다.

4. 아이를 향한 마음을 '짝사랑하듯' 전하세요

아이는 공부하느라 답장할 시간도, 여유도 없습니다. 이 편지는 대화가 아니라, 아이의 마음속에 차곡차곡 쌓이는 '사랑의 적금'입니다. 언젠가 아이가 가장 힘든 순간에 꺼내 볼 비상금이 될 것입니다.

5. 부모의 '실패담'과 '약점'을 공유하세요

"공부해라."라는 훈계보다 "아빠도 재수할 때 도망치고 싶었어.", "엄마도 오늘 회사에서 실수했단다."라는 솔직한 고백이 아이에게 더 큰 위로가 됩니다. 부모도 완벽하지 않으며, 함께 이 힘든 시기를 견디고 있다는 동질감을 줍니다.

6. 아이가 좋아하는 '가족 뉴스'를 전해 주세요

할머니의 안부, 동생의 근황, 심지어 집에서 키우는 달팽이가 얼마나 자랐는지 같은 가족의 소소한 뉴스를 중계해 주세요. 아이가 물리적으로는 떨어져 있지만, 심리적으로는 여전히 가족의 일원임을 느끼게 해줍니다.

7. 책 속의 한 줄, 노래 가사를 활용하세요

내 말로는 위로가 부족할 때, 좋은 책의 구절이나 노래 가사를 인용해 보세요. 엄마는 아이가 듣지 못하는 노래의 가사를 적어 보내거나, 읽고 있는 책의 좋은 문장을 공유하며 정서적 환기를 도왔습니다.

8. 구체적인 칭찬과 인정을 해 주세요

"열심히 해."라는 추상적인 말보다 "네가 하루 14시간을 앉아 있었다니 정말 대단하다.", "목소리가 밝아져서 안심이다."처럼 아이의 구체적인 행동과 변화를 포착해서 칭찬해 주세요. 부모가 나를 지켜보고 있다는 사실만으로도 아이는 자존감을 회복합니다.

9. 편지의 끝은 항상 '사랑'과 '응원'으로 맺으세요

본문에서 잔소리를 조금 했더라도, 마무리는 무조건 무한

한 신뢰와 사랑이어야 합니다. "항상 응원한다.", "사랑한다 우리 딸.", "너는 우리의 자랑이다."라는 맺음말은 아이가 편지를 덮고 다시 책상으로 향하게 하는 힘이 됩니다.

10. 이 기록이 훗날 '가족의 역사책'이 됨을 기억하세요

지금 쓰는 이 편지들은 단순한 안부 인사가 아닙니다. 가장 치열했던 시절을 함께 통과한 우리 가족만의 '역사서'입니다. 훗날 웃으며 추억할 수 있는 가장 소중한 보물이 될 것임을 기억하며, 오늘 하루치 마음을 적으세요.

1년을 건너온
딸의 답장

이 편지는 책의 첫 번째 원고가 완성될 무렵인 2025년 12월, 딸이 엄마에게 건네준 것입니다. 엄마 아빠가 200일 동안 보낸 편지들을 다듬은 원고를 딸에게 보여주니, 이번에는 딸이 먼저 펜을 들었습니다. 이 책은 부모가 쓴 편지들로 시작하지만, 딸의 편지로 끝납니다.

제 재수과정은 정말 힘겹고 험난했습니다.
비단 공부·성적 등의 문제 뿐만 아니라, 기숙학원 특성상
여러 사람들과 마주쳐야 한다는 점이 저를 많이 힘들게
하였습니다. 나를 진심으로 응원해주는 사람 한 명조차도
찾기 힘든 이 삭막한 환경 속에서 부모님의 편지는 한 줄기의
빛이었습니다. 물리적인 거리로만 봤을 때는 멀리 떨어져
있는 게 사실이었지만, 저녁 쯤 오는 부모님의 편지 한 통
덕에 외로움을 덜 느꼈던 것 같습니다.
제가 따로 답신을 드리지 못하더라도 부모님의 편지는 매일같이
제 책상 위에 놓여져 있었습니다.
이 자리를 빌어 정말 감사하다는 말씀을 전해드리고 싶습니다.
전 제 부모님이 존경스럽습니다. 매일 편지를 써주신 것도
그렇지만, 그 편지들에 교훈을 담으신 게 제일요.
살면서 느낀 교훈들을 편지를 통해 아낌없이 알려주신 것은
부모님이 그만큼 성실하고 현명한 분들이시기 때문이라고
생각합니다. 앞으로도 저를 좋은 방향으로 이끌어주실
엄마, 아빠 항상 감사합니다!

참고문헌

· 존 볼비, 『안전기지』, 학지사, 2014.

· 존 볼비, 『애착』, 연암서가, 2019.

· 바버라 프레드릭슨, 『내 안의 긍정을 춤추게 하라』, 물푸레, 2015.

· 브레네 브라운, 『대담하게 맞서기』, 명진출판사, 2013.

· 브레네 브라운, 『마음 가면』, 웅진지식하우스, 2023.

· 수잔 존슨, 『날 꼬옥 안아 줘요』, 이너북스, 2010.

· 존 가트맨, 『내 아이를 위한 감정코칭』, 해냄출판사, 2020.